且讀

……

18

张晓风

散文精读

张晓风 著

浙江出版联合集团
浙江人民出版社

图书在版编目（CIP）数据

散文精读．张晓风 / 张晓风著．—杭州 ：浙江人民出版社，2018.10

（且读）

ISBN 978-7-213-08904-6

Ⅰ．①散… Ⅱ．①张… Ⅲ．①散文集-中国-现代 Ⅳ．①I266

中国版本图书馆CIP数据核字(2018)第199230号

浙江省版权局著作权合同登记章
图字：11-2018-394

本书由台北九歌出版社有限公司授权出版。

散文精读·张晓风

张晓风　著

出版发行：浙江人民出版社（杭州市体育场路347号　邮编　310006）

市场部电话：(0571)85061682　85176516

集团网址：浙江出版联合集团　http://www.zjcb.com

责任编辑：余慧琴　金继发

责任校对：姚建国

封面设计：观止堂_未氓

电脑制版：杭州天一图文制作有限公司

印　　刷：浙江新华印刷技术有限公司

开　　本：880毫米×1230毫米　1/32　　印　　张：7

字　　数：132千字　　插　　页：4

版　　次：2018年10月第1版　　印　　次：2018年10月第1次印刷

书　　号：ISBN 978-7-213-08904-6

定　　价：36.00元

张晓风

1 | 3

2 | 4

❶ 张晓风在演讲

❷ 张晓风夫妇（一排中及左）与阿卡村村民合影

❸ 張晓风（陈文发摄影）

❹ 年轻时的张晓风

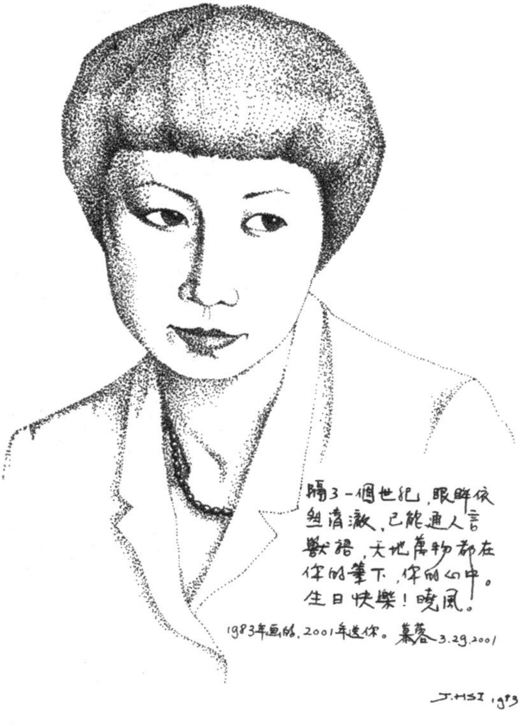

席慕蓉为张晓风画的素描

目录

人物

散文精读·张晓风

游记

散文精读·张晓风

小品

抒情

我　在

记得是小学三年级，偶然生病，不能去上学。于是抱膝坐在床上，望着窗外寂寂青山、迟迟春日，心里竟有一份巨大幽沉至今犹不能忘的凄凉。当时因为小，无法对自己说清楚那番因由，但那份痛，却是记得的。

为什么痛呢？现在才懂，只因你知道，你的好朋友都在那里，而你偏不在，于是你痴痴地想，他们此刻在操场上追追打打吗？他们在教室里挨骂吗？他们到底在干什么啊？不管是好是歹，我想跟他们在一起啊！一起挨骂挨打都是好的啊！

于是，开始喜欢点名，大清早，大家都坐得好好的，小脸还没有开始脏，小手还没有汗湿，老师说：

“×××”

“在！”

正经而清脆，仿佛不是回答老师，而是回答宇宙乾坤，告诉天地，告诉历史，说，有一个孩子“在”这里。

回答“在”字，对我而言总是一种饱满的幸福。

然后，长大了，不必被点名了，却迷上旅行。每到山水胜处，总想举起手来，像那个老是睁着好奇圆眼的孩子，回一声：

“我在。”

“我在”和“某某到此一游”不同，后者张狂跋扈，目无余子，而说“我在”的仍是个清晨去上学的孩子，高高兴兴地回答长者的问题。

其实人与人之间，或为亲情或为友情或为爱情，哪一种亲密的情谊不是基于我在这里，刚好，你也在这里的前提？一切的爱，不就是“同在”的缘分吗？就连神明，其所以为神明，也无非由于“昔在、今在、恒在”，以及“无所不在”的特质。而身为一个人，我对自己“只能出现于这个时间和空间的局限”感到另一种可贵，仿佛我是拼图板上扭曲奇特的一块小形状，单独看，毫无意义，及至恰恰嵌在适当的时空，却也是不可少的一块。天神的存在是无始无终浩浩莽莽的无限，而我是此时此际此山此水中的有情和有觉。

有一年，和丈夫带着一团的年轻人到美国和欧洲去表演，我坚持选崔颢的《长干曲》作为开幕曲，在一站复一站的陌生城市里，舞台上碧色绸子抖出来粼粼水波，唐人乐府悠然导出：

君家何处走，妾住在横塘。

停船暂借问，或恐是同乡。

渺渺烟波里，只因错肩而过，只因你在清风我在明月，只因彼此皆在这地球，而地球又在太虚，所以不免停舟问一句话，问一问彼此隶属的籍贯，问一问昔日所生、他年所葬的故里。那年夏天，我们也是这样一路去问海外中国人的隶属所在的啊！

《旧约》里记载了一则三千年前的故事，那时老先知以利因年迈而昏聩无能，坐视宠坏的儿子横行。小先知撒母耳却仍是幼童，懵懵懂懂地穿件小法袍在空旷的大圣殿里走来走去。然而，事情发生了，有一夜他听见轻声的呼唤：

“撒母耳！”

他虽渴睡却是个机警的孩子，跳起来，便跑到老人以利面前：

“你叫我，我在这里！”

“我没有叫你，”老态龙钟的以利说，“你去睡吧！”

孩子躺下，他又听到相同的叫唤：

“撒母耳！”

“我在这里，是你叫我吗？”他又跑到以利跟前。

“不是，我没叫你，你去睡吧。”

第三次他又听见那召唤的声音，小小的孩子实在给弄糊涂了，但他仍然尽快跑到以利面前。

老以利蓦然一惊，原来孩子已经长大了，原来他不是小孩子梦里听错了话，不，他已听到第一次天音，他已面对神圣的召唤。虽然他只是一个稚弱的小孩，虽然他连什么是“天之钟命”也听不懂，可是，旧时代毕竟已结束，少年英雄会受天承运挑起八方风雨。

“小撒母耳，回去吧！有些事，你以前不懂，如果你再听到那声音，你就说：‘神啊！请说，我在这里。’”

撒母耳果真第四度听到声音，夜空烁烁，廊柱耸立如历史，声音从风中来，声音从星光中来，声音从心底的潮声中来，来召唤一个孩子。撒母耳自此至死，一直是个威仪赫赫的先知，只因多年前，当他还是稚童的时候，他答应了那声呼唤，并且说：“我，在这里。”

我当然不是先知，从来没有想做“救星”的大志，却喜欢让自己是一个“紧急待命”的人，随时能说“我在，我在这里”。

这辈子从来没喝得那么多，大约是一瓶啤酒吧，那是端午节的晚上，在澎湖的小离岛。为了纪念屈原，渔人那一天不出海，小学校长陪着我们和家长会的朋友吃饭，对于仰着脖子的敬酒者你很难说“不”。他们喝酒的样子和我习见的学院人士大不相同，几杯下肚，忽然红上脸来，原来酒的力量竟是这么大的。起先，那些宽阔黧黑的脸不免不自觉地有一份面对台北人和读书人的卑抑，但一喝了酒，竟人人急着说起话来，说他们没有淡水的日子怎么苦，说淡水管如何修好了又坏了，说他们宁可倾家荡产，也不要天天开船到别的岛上去搬运淡水……

而他们嘴里所说的淡水，在台北人看来，也不过是咸涩难咽的怪味水罢了——只是于他们却是遥不可及的美梦。

我们原来只是想去捐书，只是想为孩子们设置阅览室，没有料到他们红着脸粗着脖子叫嚷的却是水！这个岛有个好听的名字，叫岛屿，岩岸是美丽的黑得发亮的玄武石组成的。浪大时，水珠会跳过教室直落到操场上来，澄莹的蓝波里有珍贵的丁香鱼，此刻餐桌上则是酥炸的海胆，鲜美的小鳍……然而这样一个岛，却没有淡水……

我能为他们做什么？在同盏共饮的黄昏，也许什么都不能，但至少我在这里，在倾听，在思索我能做的事……

读书，也是一种“在”。

有一年，到图书馆去，翻一本《春在堂笔记》，那是俞樾先生的集子，红绸精装的封面，打开封底一看，竟然从来也没人借阅过，真是“古来圣贤皆寂寞”啊！心念一动，便把书借回家去。书在，春在，但也要读者在才行啊！我的读书生涯竟像某些人玩“碟仙”，仿佛面对作者的精魄。对我而言，李贺是随召而至的，悲哀悼亡的时刻，我会说：“我在这里，来给我念那首《苦昼短》吧！念‘吾不识青天高，黄地厚，唯见月寒日暖，来煎人寿’。”读那首韦应物的《调笑令》的时候，我会轻轻地念：“胡马胡马，远放燕支山下。跑沙跑雪独嘶，东望西望路迷。迷路迷路，边草无穷日暮。”一面觉得自己就是那从唐朝一直狂驰至今不停的战马，不，也许不是马，只是一股激情，被美所迷，被莽莽黄沙和胭脂红的落日所震慑，因而心绪万千，不知所止的激情。

看书的时候，书上总有绰绰人影，其中有我，我总在那里。

《旧约·创世记》里，堕落后的亚当在凉风乍至的伊甸园把自己藏匿起来。

上帝说：

“亚当，你在哪里?”

他噤而不答。

如果是我，我会走出，说：

“上帝，我在，我在这里，请你看着我，我在这里。不比一个凡人好，也不比一个凡人坏，我有我的逊顺祥和，也有我的叛逆凶戾，我在我无限的求真求美的梦里，也在我脆弱不堪一击的人性里。上帝啊，俯察我，我在这里。”

“我在”，意思是说我出席了，在生命的大教室里。

几年前，我在山里说过的一句话容许我再说一遍，作为终响：

“树在。山在。大地在。岁月在。我在。你还要怎样更好的世界?”

初　雪

诗诗，我的孩子：

如果五月的花香有其源自，如果十二月的星光有其出发的处所，我知道，你便是从那里来的。

这些日子以来，痛苦和欢欣都如此尖锐，我惊奇在它们之间区别竟是这样的少。每当我为你受苦的时候，总觉得那十字架是那样轻省，于是我忽然了解了我对你的爱情，你是早春，把芬芳秘密地带给了园。

在全人类里，我有权利成为第一个爱你的人。他们必须看见你，了解你，认识你而后决定爱你，但我不需要。你的笑貌在我的梦里翱翔，具体而又真实。我爱你没有什么可夸耀的，事实上没有人能忍得住对孩子的爱情。

你来的时候，我开始成为一个爱思想的人，我从来没有这样深思过生命的意义，这样敬重过生命的价值，我第一次被生命的神圣和庄严感动了。

因着你，我爱了全人类，甚至那些金黄色的雏鸡，甚至那些走起路来摇摆不定的小树，它们全都让我爱得心疼。

我无可避免地想到战争，想到人类最不可抵御的一种悲剧。我们这一代人像菌类植物一般，生活在战争的阴影里，我们的童年便在拥塞的火车上和颠簸的海船里度过。而你，我能给你怎样的一个时代？我们既不能回到诗一般的十九世纪，也不能隐向神话般的阿尔卑斯山，我们注定生活在这苦难的年代以及苦难的中国。

孩子，每思及此，我就对你抱歉，人类的愚蠢和卑劣把自己陷在悲惨的命运里。而今，在这充满核子恐怖的地球上，我们有什么给新生的婴儿？不是金锁片，不是香槟酒，而是每人平均相当一百万吨TNT的核子威力。孩子，当你用完全信任的眼光看这个世界的时候，你是否看得见那些残忍的武器正悬在你小小的摇篮上？以及你父母亲的大床上？

我生你于这样一个世界，我也许是错了。天知道我们为你安排了一段怎样的旅程。

但是，孩子，我们仍然要你来，我们愿意你和我们一起学习爱人类，并且和人类一起受苦。不久，你将学会为这一切的悲剧而流泪——而我们的时代多么需要这样的泪水和祈祷。

诗诗，我的孩子，有了你我开始变得坚韧而勇敢。我竟然可以面对着冰冷的死亡而无惧于它的毒钩，我正视着生产的苦难而仍觉傲然。为你，孩子，我会去胜过它们。我从没有像现在这样热爱过生命，你教会我这样多成熟的思想和高贵的情操，我为你而献上感谢。

前些日子，我忽然想起《新约》上的那句话："你们虽然没有遇过他，却是爱他。"我立刻明白爱是一种怎样独立的感情。当尤加利的梢头掠过更多的北风，当高山的峰巅开始落下第一片初雪的莹白，你便会来到。而在你珊瑚色的四肢还没有开始在这个世界挥舞以前，在你黑玉的瞳仁还没有照耀这个城市之先，你已拥有我们完整的爱情，我们会教导你在孩提以前先了解被爱。诗诗，我们答应你要给你一个快乐的童年。

写到这里，我又模糊地忆起江南那些那么好的春天，而我们总是伏在火车的小窗上，火车绕着山和水而行，日子似乎就那样延续着，我仍记得那满山满谷的野杜鹃！满山满谷又凄凉又美丽的忧愁！

我们是太早懂得忧愁的一代。

而诗诗，你的时代未必就没有忧愁，但我们总会给你一个丰富的童年，在你所居住的屋顶上没有属于这个世界的财富，但有许多的爱，许多的书，许多的理想和梦幻。我们会为你砌一座故事里的玫瑰花床，你便在那柔软的花瓣上游戏和休息。

当你渐渐认识你的父亲，诗诗，你会惊奇于自己的幸运，他诚实而高贵，他亲切而善良。慢慢地你也会发现你的父母相爱得有多么深。经过这样多年，他们的爱仍然像林间的松风，清馨而又新鲜。

诗诗，我的孩子，不要以为这是必然的，这样的幸运不是每一个孩子都有的。这个世界不是每一对父母都相爱的。曾有多少个孩子在黑夜里独泣，在他们还没有正式投入人生的时候，生命的意义便已经否定了。诗诗，诗诗，你不会了解那种幻灭的痛苦，在所有的悲剧之前，那是第一出悲剧。而事实上，整个人类都在相残着，历史并没有教会人类相爱。诗诗，你去教他们相爱吧，像那位诗哲所说的：

> 他们残暴地贪婪着、嫉妒着，他们的言辞有如隐藏的刀锋正渴于饮血。
>
> 去，我的孩子，去站在他们不欢之心的中间，让你温和的眼睛落在他们身上，有如黄昏的柔霭淹没那日间的争扰。
>
> 让他们看你的脸，我的孩子，因而知道一切事物的意义，让他们爱你，因而彼此相爱。

诗诗，有一天你会明白，上苍不会容许你吝守着你所继承的爱，诗诗，爱是蕾，它必须绽放。它必须在疼痛的破拆中献芳香。

诗诗，也教导我们学习更多更高的爱。记得前几天，一则药商的广告使我惊骇不已。那广告是这样说的：“孩子，不该比别人的衰弱，下一代的健康关系着我们的面子。要是孩子长得比别人的健康、美丽、快乐，该多好多荣耀啊！”诗诗，人性的卑劣使我不禁齿冷。诗诗，我爱你，我答应你，永不在我对你的爱里掺入不纯洁的成分，你就是你，你永不会被我们拿来和别人比较，你不需要为满足父母的虚荣心而痛苦。你在我们眼中永远杰出，你可以贫穷、可以失败，甚至可以潦倒。诗诗，如果我们骄傲，是为你本身而骄傲，不是为你的健康美丽或者聪明。你是人，不是我们培养的灌木，我们决不会把你修剪成某种形态来使别人称赞我们的园艺天才。你可以照你的倾向生长，你选择什么样式，我们都会喜欢——或者学习着去喜欢。

我们会竭力地去了解你，我们会慎重地俯下身去听你述说一个孩童的秘密愿望，我们会带着同情与谅解帮助你度过忧闷的少年时期。而当你成年，诗诗，我们仍愿分担你的哀伤，人生总有那么些悲怆和无奈的事，诗诗，如果在未来的日子里你感觉孤单，请记住你的母亲，我们的生命曾一度相系，我会努力使这种系联持续到永恒。我再说，诗诗，我们会试着了解你，以及属于你的时代。我们会信任你——上帝从不赐下坏的婴孩。

我们会为你祈祷，孩子，我们不知道那些古老而太平的岁月会在什么时候重现。那种好日子终我们一生也许都看不见了。

如果这种承平永远不会再重现，那么，诗诗，那也是无可抗拒无可挽回的事。我只有祝福你的心灵，能在苦难的岁月里有内在的宁静。

常常记得，诗诗，你不单是我们的孩子，你也属于山，属于海，属于五月里无云的天空——而这一切，将永远是人类欢乐的主题。

你即将长大，孩子，每一次当你轻轻地颤动，爱情便在我的心里急速涨潮，你是小芽，蕴藏在我最深的深心里，如同音乐蕴藏在长长的箫笛中。

前些日子，有人告诉我一则美丽的日本故事。说到每年冬天，当初雪落下的那一天，人们便坐在庭院里，穆然无言地凝望那一片片轻柔的白色。

那是一种怎样虔敬动人的景象！那时候，我就想到你，诗诗，你就是我们生命中的初雪，纯洁而高贵，深深地撼动着我。那些对生命的惊服和热爱，常使我在静穆中有哭泣的冲动。

诗诗，给我们的大地一些美丽的白色。诗诗，我们的初雪。

我喜欢

我喜欢活着，生命是如此地充满了悦愉。

我喜欢冬天的阳光，在迷茫的晨雾中展开。我喜欢那份宁静淡远，我喜欢那没有喧哗的光和热。而当中午，满操场散坐着晒太阳的人，那种原始而纯朴的意象总深深地感动着我的心。

我喜欢在春风中踏过窄窄的山径，草莓像精致的红灯笼，一路殷勤地张结着。我喜欢抬头看树梢尖尖的小芽儿，极嫩的黄绿色中透着一派天真的粉红——它好像准备着要奉献什么，要展示什么。那柔弱而又生意盎然的面目，常在无言中教导我一些美丽的真理。

我喜欢看一块平平整整、油油亮亮的秧田。那细小的禾苗密密地排在一起，好像一张多绒的毯子，是集许多翠禽的羽毛织成的，它总是激发我想在上面躺一躺的欲望。

我喜欢夏日的永昼，我喜欢在多风的黄昏独坐在傍山的阳台上。小山谷里的稻浪推涌，美好的稻香翻腾着。慢慢地，绚丽的云霞被浣净了，柔和的晚星遂一一就位。我喜欢观赏这样的布景，我喜欢坐在那舒服的包厢里。

我喜欢看满山菅芒，在秋风里凄然地白着。在山坡上，在水边上，美得那样凄凉。那次，刘告诉我他在梦里得了一句诗：“雾树芦花连江白”，意境是美极了，平仄却很拗口。想凑成一首绝句，却又不忍心改它。想联成古风，又苦再也吟不出相当的句子。至今那还只是一句诗，一种美而孤立的意境。

我也喜欢梦，喜欢梦里奇异的享受。我总是梦见自己能飞，能跃过山丘和小河。我总是梦见奇异的色彩和悦人的形象。我梦见棕色的骏马，发亮的鬣毛在风中飞扬。我梦见成群的野雁，在河滩的丛草中歇宿。我梦见荷花海，完全没有边际，远远在炫耀着模糊的香红——这些，都是我平日不曾见过的。最不能忘记那次梦见在一座紫色的山峦前看日出——它原来必定不是紫色的，只是翠岚映着初升的红日，遂在梦中幻出那样奇特的山景。

我当然同样在现实生活里喜欢山，我办公室的长窗便是面山而开的。每次当窗而坐，总觉得满几尽绿，一种说不出的柔和。较远的地方，教堂尖顶的白色十字架在透明的阳光里巍立着，把蓝天撑得高高的。

我还喜欢花，不管是哪一种，我喜欢清瘦的秋菊，浓郁的玫瑰，孤洁的百合，以及幽闲的素馨。我也喜欢开在深山里不知名的小野花。十字形的、斛形的、星形的、球形的。我十分相信上帝在造万花的时候，赋给它们同样的尊荣。

我喜欢另一种花儿，是绽开在人们笑颊上的。当寒冷早晨我走在巷子里，对门那位清癯的太太笑着说：“早！”我就忽然觉得世界是这样的亲切，我缩在皮手套里的指头不再感觉发僵，空气里充满了和善。

当我到了车站开始等车的时候，我喜欢看见短发齐耳的中学生。那样精神奕奕的、像小雀儿一样快活的中学生。我喜欢她们美好宽阔而又明净的额头，以及活泼清澈的眼神。每次看着他们老让我想起自己，总觉得似乎我仍是她们中间的一个。仍然单纯地充满了幻想，仍然那样容易受感动。

当我坐下来，在办公室的写字台前，我喜欢有人为我送来当天的信件。我喜欢读朋友们的信，没有信的日子是不可想象的；我喜欢读弟弟妹妹的信，那些幼稚纯朴的句子，总是使我在泪光中重新看见南方那座燃遍凤凰花的小城。最不能忘记那年夏天，德从最高的山上为我寄来一片蕨类植物的叶子。在那样酷暑的气候中，我忽然感到甜蜜而又沁人的清凉。

我特别喜爱读者的信件，虽然我不一定有时间回复，每次捧读这些信件，总让我觉得一种特殊的激动。在这世上，也许有人已透过我看见一些东西。这不就够了吗？我不需要永远存在，我希望我所认定的真理永远存在。

我把信件分放在许多小盒子里，那些关切和情谊都被妥善地保存着。

除了信，我还喜欢看一点书，特别是在夜晚，在一灯荧荧之下。我不是一个十分用功的人，我只喜欢看词曲方面的书。有时候也涉及一些古拙的散文，偶然我也勉强自己看一些浅近的英文书，我喜欢他们文字变化的活泼。

夜读之余，我喜欢拉开窗帘看看天空，看看灿如满园春花的繁星。我更喜欢看远处山坳里微微摇晃的灯光。那样模糊，那样幽柔，是不是那里面也有一个夜读的人呢？

在书籍里面我不能自抑地喜爱那些泛黄的线装书，握着它就觉得握着一脉优美的传统，那涩黯的纸面蕴含着一种古典的美。我很自然地想到，有几个人执过它，有几个人读过它。他们也许都过去了，历史的兴亡、人物的更迭本是这样虚幻，唯有书中的智慧永远长存。

我喜欢坐在汪教授家中的客厅里，在落地灯的柔辉中捧一本线装的昆曲谱子。当他把旧得发亮的褐色笛管举到唇边的时候，我就开始轻轻地按着板眼唱起来。那柔美幽咽的水磨调在室中低回着，寂寞而空荡，像江南一池微凉的春水。我的心遂在那古老的音乐中体味到一种无可奈何的轻愁。

我就是这样喜欢着许多旧东西。那块小毛巾，是小学四年级参加《儿童周刊》父亲节征文比赛得来的。那一角花岗石，是小学毕业时和小曼敲破了各执一半的。那具布娃娃是我儿时最忠实的伴侣。那本毛笔日记，是七岁时被老师逼着写成的。那两支蜡烛，是我过廿岁生日的时候，同学们为我插在蛋糕上的……我喜欢这些财富，以致每每整个晚上都在痴坐着，沉浸在许多快乐的回忆里。

我喜欢翻旧相片，喜欢看那个大眼睛长辫子的小女孩。我特别喜欢坐在摇篮里的那张，那么甜美无忧的时代！我常常想起母亲对我说："不管你们将来遭遇什么，总是回忆起来，你们还有一段快活的日子。"是的，我骄傲，我有一段快活的日子——不只是一段，我相信那是一生悠长的岁月。

我喜欢把旧作品一一检视，如果我看出已往作品的缺点，我就高兴得不能自抑——我在进步！我不是在停顿！这是我最快乐的事了，我喜欢进步！

我喜欢美丽的小装饰品，像耳环、项链和胸针。那样晶晶闪闪的、细细微微的、奇奇巧巧的。它们都躺在一个漂亮的小盒子里，炫耀着不同的美丽。我喜欢不时看看它们，把它们佩在我的身上。

我就是喜欢这样松散而闲适的生活，我不喜欢精密地分配时间，不喜欢紧张地安排节目。我喜欢许多不实用的东西，我喜欢充足的沉思时间。

我喜欢晴朗的礼拜天清晨，当低沉的圣乐冲击着教堂的四壁，我就忽然升入另一个境界，没有纷扰，没有战争，没有嫉恨与恼怒。人类的前途有了新的光芒，那种确切的信仰把我们带入更高的人生境界。

我喜欢在黄昏时来到小溪旁。四顾没有人，我便伸足入水——那被夕阳照得极艳丽的溪水，细沙从我的趾间流过，某种白花的瓣儿随波飘去，一会儿就灭幻了——这才发现那实在不是什么白花瓣儿，只是一些被石块激起的浪花罢了。坐着，坐着，好像天地间都流动着和暖的细流。低头沉吟，满溪红霞照得人眼花，一时简直觉得双足是浸在一钵花汁里呢！

我更喜欢没有水的河滩，长满了高及人肩的蔓草。日落时一眼望去，白石不尽，有着苍莽凄凉的意味。石块垒垒，把人心里慷慨的意绪也堆叠起来了。我喜欢那种情怀，好像在峡谷里听人喊秦腔，苍凉的余韵回转不绝。

我喜欢别人不注意的东西，像草坪上那株没有人理会的扁柏，那株瑟缩在高大龙柏之下的扁柏。每次我走过它的时候总要停下来，嗅一嗅那股清香，看一看它谦逊的神气。有时候我又怀疑它不是谦逊，因为也许它根本不觉得龙柏的存在。又或许它虽知道有龙柏存在，也不认为伟大与平凡有什么两样——事实上伟大与平凡的确也没有什么两样。

我喜欢朋友，喜欢在出其不意的时候去拜访他们。尤其喜欢在雨天去叩湿湿的大门，在落雨的窗前话旧真是多么美。记得那次到中部去拜访芷的山居，我永不能忘记她看见我时的惊呼。当她连跑带跳地来迎接我，山上的阳光就似乎忽然炽燃起来了。我们走在向日葵的荫下，慢慢地倾谈着。那迷人的下午像一阕轻快的曲子，一会儿就奏完了。

我极喜欢，而又带着几分崇敬去喜欢的，便是海了。那辽阔，那淡远，都令我心折。而那雄壮的气象，那平稳的风范，以及那不可测的深沉，一直向人类作着无言的挑战。

我喜欢家，我从来还不知道自己会这样喜欢家。每当我从外面回来，一眼看到那窄窄的红门，我就觉得快乐而自豪。我有一个家，多么奇妙！

我也喜欢坐在窗前等他回家来。虽然过往的行人那样多，我总能分辨他的足音。那是很容易的，如果有一个脚步声，一入巷子就开始跑，而且听起来是沉重急速的大阔步，那就准是他回来了！我喜欢他把钥匙放进门锁中的声音，我喜欢听他一进门就喘着气喊我的英文名字。

我喜欢晚饭后坐在客厅里的时分。灯光如纱，轻轻地撒开。我喜欢听一些协奏曲，一面捧着细瓷的小茶壶暖手。当此之时，我就恍惚能够想象一些田园生活的悠闲。

我也喜欢户外的生活，我喜欢和他并排骑着自行车。当礼拜天早晨我们一起赴教堂的时候，两辆车子便并驰在黎明的道上。朝阳的金波向两旁溅开，我遂觉得那不是一辆脚踏车，而是一艘乘风破浪的飞艇，在无声的欢唱中滑行。我好像忽然又回到刚学会骑车的那个年龄，那样兴奋，那样快活，那样唯我独尊——我喜欢这样的时光。

我喜欢多雨的日子。我喜欢对着一盏昏灯听檐雨的奏鸣，细雨如丝，如一天轻柔的叮咛。这时候我喜欢和他共撑一柄旧伞去散步。伞际垂下晶莹成串的水珠——一幅美丽的珍珠帘子。于是伞下开始有我们宁静隔绝的世界，伞下缭绕着我们成串的往事。

我喜欢在读完一章书后仰起脸来和他说话，我喜欢假想许多事情。

"如果我先死了，"我平静地说着，心底却泛起无端的哀愁，"你要怎么样呢？"

"别说傻话，你这憨孩子。"

"我喜欢知道，你一定要告诉我，如果我先死了，你要怎么办？"

他望着我，神色愀然。

"我要离开这里，到很远的地方去。去做什么，我也不知道，总之，是很遥远很蛮荒的地方。"

"你要离开这屋子吗？"我急切地问，环视着被布置得像一片紫色梦谷的小屋。我的心在想象中感到一种剧烈的痛楚。

“不，我要拼命去赚很多钱，买下这栋房子。”他慢慢地说，声音忽然变得很凄怆而低沉：

“让每一样东西像原来那样被保持着。哦，不，我们还是别说这些傻话吧！”

我忍不住清泪泫然了，我不明白，为什么我喜欢问这样的问题。

“哦，不要痴了，”他安慰着我，“我们会一起死去的。想想，多美，我们要相偕着去参加天国的盛会呢！”

我喜欢相信他的话，我喜欢想象和他一同跨入永恒。

我也喜欢独自想象老去的日子，那时候必是很美的。就好像夕晖满天的景象一样。那时候再没有什么可争夺的，可留恋的。一切都淡了，都远了，都漠然无介于心了。那时候智慧深邃又明澈，爱情渐渐醇化，生命也开始慢慢蜕变，好进入另一个安静美丽的世界。啊，那时候，那时候，当我抬头看到精金的大道，碧玉的城门，以及千万只迎接我的号角，我必定是很激动而又很满足的。

我喜欢，我喜欢，这一切我都深深地喜欢！我喜欢能在我心里充满着这样多的喜欢！

行道树

每天，每天，我都看见他们，他们是已经生了根的——在一片不适于生根的土地上。

有一天，一个炎热而忧郁的下午，我沿着人行道走着，在穿梭的人群中，听自己寂寞的足音。忽然，我又看到他们，忽然，我发现，在树的世界里，也有那样完整的语言。

我安静地站住，试着去了解他们所说的一则故事：

我们是一列树，立在城市的飞尘里。

许多朋友都说我们是不该站在这里的，其实这一点，我们知道得比谁都清楚。我们的家在山上，在不见天日的原始森林里。而我们居然站在这儿，站在这双线道的马路边，这无疑是一种堕落。我们的同伴都在吸露，都在玩凉凉的云。而我们呢？我们唯一的装饰，正如你所见的，是一身抖不落的煤烟。

是的，我们的命运被安排定了，在这个充满车辆与烟囱的工业城里，我们的存在只是一种悲凉的点缀。但你们尽可以节省下你们的同情心，因为，这种命运事实上也是我们自己选择的——否则我们不必在春天勤生绿叶，不必在夏日献出浓荫。神圣的事业总是痛苦的，但是，也唯有这种痛苦能把深度给予我们。

当夜来的时候，整个城市里都是繁弦急管，都是红灯绿酒。而我们在寂静里，我们在黑暗里，我们在不被了解的孤独里。但我们苦熬着把牙龈咬得酸疼，直等到朝霞的旗冉冉升起，我们就站成一列致敬——无论如何，我们这城市总得有一些人迎接太阳！如果别人都不迎接，我们就负责把光明迎来。

这时，或许有一个早起的孩子走了过来，贪婪地呼吸着鲜洁的空气，这就是我们最自豪的时刻了。是的，或许所有的人都早已习惯于污浊了，但我们仍然固执地制造着不被珍视的清新。

落雨的时分也许是我们最快乐的，雨水为我们带来故人的消息，在想象中又将我们带回那无忧的故林。我们就在雨里哭泣着，我们一直深爱着那里的生活——虽然我们放弃了它。

立在城市的飞尘里，我们是一列忧愁而又快乐的树。

故事说完了，四下寂然，一则既没有情节也没有穿插的故事，可是，我听到他们深深的叹息。我知道，那故事至少感动了他们自己。然后，我又听到另一声更深的叹息——我知道，那是我自己的。

尘　缘

大约两岁吧，那时的我。父亲中午回家吃饭，匆匆又要赶回办公室去。我不依，抓住他宽边的军腰带不让他系上，说：“你戴上这个就是要走了，我不要！”我抱住他的腿不让他走。

那时代的军人军纪如山，父亲觉得迟到之罪近乎通敌。他一把抢回了腰带，还打了我——这事我当然不记得了，是父亲自己事后多次提起，我才印象深刻。父亲每提此事，总露出一副深悔的样子，我有时想，挨那一顿打也真划得来啊，父亲因而将此事记了一辈子，悔了一辈子。

“后来，我就舍不得打你。就那一次。”他说。

那时，两岁的我不想和父亲分别。半个世纪之后，我依然抵赖，依然想抓住什么留住父亲，依然对上帝说：

“把爸爸留给我吧！留给我吧！”

然而上帝没有允许我的强留。

当年小小的我不知道自己为什么留不住爸爸，半世纪后，我仍然不明白父亲为什么非走不可？当年的我知道他系上腰带就会走，现在的我知道他不思饮食，记忆涣散便也是要走。然而，我却一无长策，眼睁睁看着老迈的他杳杳而逝。

记忆中小时候，父亲总是带我去田间散步，教我阅读名叫“自然”的这部书。他指给我看螳螂的卵，他带回被寄生蜂下过蛋的虫蛹。后来有一次我和五阿姨去散步，三岁的我偏头问阿姨道：

“你看，菜叶子上都是洞，是怎么来的？”

“虫吃的。”阿姨当时是大学生。

“那，虫在哪里？”

阿姨答不上来，我拍手大乐。

“哼，虫变蛾子飞跑了，你都不知道，虫变蛾子飞跑了！你都不知道！”

我对生物的最初惊艳，来自父亲，我为此终生感激。

然而父亲自己蜕化而去的时候，我却痛哭不已，他化蝶远扬，我却总不能相信这种事竟然发生了，那么英挺而强壮的父亲，谁把他偷走了？

父亲九十一岁那年，我带他回故乡。距离他上一次回乡，前后是五十九年。

“你不是‘带’爸爸回去，是‘陪’爸爸回去。”我的朋友纠正我。

“可是，我的情况是真的需要‘带’他回去。”

我们一行四人，爸爸妈妈我和护士。我们用轮椅把他推上飞机，推入旅馆，推进火车。火车一离南京城，就到了滁县。我起先吓了一跳，“滁州”这种地方好像应该好好待在欧阳修的《醉翁亭记》里，怎么真的有个滁州在这里。我一路问父亲，现在是什么站了，他一一说给我听，我问他下一站的站名，他也能回答上来。奇怪，平日颠三倒四的父亲，连吃过了午饭都会旋即忘了又要求母亲开饭，怎么一到了滁州城附近就如此凡事历历分明起来？

“姑娘（即姑母）在哪里？”

“渚兰。”

“外婆呢？”

“住宝光寺。”

其他亲戚的居处他说来也都了如指掌，这是他魂里梦里的所在吧？

“大哥，你知道这是什么田？”三叔问他。

“知道，”爸爸说，“白芋田。”

白芋就是白番薯的意思，红番薯则叫红芋。

不知为什么，近年来他像小学生，总乖乖回答每一道问题。“翻白芋秧子你会吗？”三叔又问。

“会。”

白芋秧子就是番薯叶，这种叶子生命力极旺盛，如果不随时翻它，它就会不断抽长又不断扎根，最后白芋就长不好了。

所以要不断叉起它来，翻个面，害它不能多布根，好专心长番薯。

年轻时的父亲在徐州城里念师范，每次放假回家，便帮忙农事。我想父亲当年年轻，打着赤膊，在田里执叉翻叶，那个男孩至今记得白芋叶该怎么翻。想到这里，我心下有一份踏实，觉得在茫茫大地上，也有某一块田是父亲亲手料理过的，我因而觉得一份甜蜜安详。父亲回乡，许多杂务都是一位安营表哥打点的，包括租车和食宿的安排。安营表哥的名字很特别，据说那年有军队过境，在村边安营，表哥就叫了安营。

“这位是谁你认识吗?”我们问父亲。

“不认识。”

“他就是安营呀!”

“安营?”父亲茫然，“安营怎么这么大了?”

这组简单的对话，一天要说上好几次，然而父亲总是不能承认面前此人就是安营。上一次，父亲回家见他，他年方一岁，而今他已是儿孙满堂的六十岁老人。去家离乡五十九年，父亲的迷糊我不忍心用老年痴呆解释。两天前我在飞机上见父亲读英文报，便指些单字问他：

“这是什么字?”

“西藏。”

“这个呢?”

“以色列。”

我惊讶他一一回答，奇怪啊，父亲到底记得什么又到底不记得什么呢？

我们到田塍边谒过祖父母的坟，爸爸忽然说：

“我们就回家去吧！”

“家？家在哪里？”我故意问他。

“家，家在屏东呀！”

我一惊，这一生不忘老家的人其实是以屏东为家的。屏东，那永恒的阳光的城垣。

家族中走出一位老妇人，是父亲的二堂婶，是一切家人中最老的，九十三了，腰杆笔直，小脚走得踏实迅快，她把父亲看了一眼，用乡下人简单而大声的语言宣布：

“他迂了！”

迂，就是乡人说“老年痴呆”的意思，我的眼泪立刻涌出来，我一直刻意闪避的字眼，这老妇人竟直截了当地道了出来。如此清晰如此残忍。

我开始明白“父母在”和“父母健在”是不同的，但我仍依恋仍不舍。

父亲在南京旅馆时有老友陈颐鼎将军来访。陈伯伯和父亲是乡故，交情素厚，但我告诉他陈伯伯在楼下，正要上来，他却勃然色变，说：

“干吗要见他？”

这陈伯伯曾到过台湾，训练过一批新兵，那时是一九四六年。这批新兵训练得还不太好就上战场了，结果吃了败仗，以后便成了台籍滞留大陆的老兵，陈伯伯也就因而成了共产党人。

“我一辈子都不见。”他说，一脸执倔。

他不明白说这种话不合时宜了。

陈伯伯进来，我很紧张，陈伯伯一时激动万分，紧握爸爸的手热泪直流。爸爸却淡淡的，总算没赶人家出去，我们也就由他。

“陈伯伯和我爸爸当年的事，可以说一件给我听听吗？”事后我问陈妈妈。

“有一次，打仗，晚上也打，不能睡，又下雨，他们两个人困极了，就穿着雨衣，背靠着背地站着打盹。”

我又去问陈伯伯：

“我爸爸，你对他印象最深的是什么？”

“他上进，他起先当‘学兵’，看人家黄埔出身，他就也去考黄埔。等黄埔出来，他想想，觉得学历还不够好，又去读陆军大学，然后，又去美国……”

陈伯伯位阶一直比父亲稍高，但我看到的他只是个慈祥的老人，喃喃地说些六十年前的事情。

爸爸急着回屏东，我们就尽快回来了。回来后的父亲安详贞定，我那时忽然明白了，台湾，才是他愿意埋骨的所在。

一九四九年，爸爸本来是最后一批离开重庆的人。

“我会守到最后五分钟。”

他对母亲说，那时我们在广州，正要上船。他们两人把一对日本鲨鱼皮军刀各拿了一把，那算是家中比较值钱的东西，是受降时分得的战利品。

“但愿人长久，千里共婵娟。”

战争中每次分手，爸爸都写这句话给妈妈。那时代的人令人不解，仿佛活在电影情节里，每天都是生离死别。

后来父亲遇见了一个旧日部属，那部属在战争结束后改行卖纸烟，他给了父亲几条烟，又给了他一张假身份证，把张家闲的名字改成章佳贤，且缝了一只土灰布的大口袋作烟袋，父亲就从少将军官变成烟贩子。背上了袋子，他便直奔山区而去，参加游击队。以后取道法属越南的老挝转香港飞台湾，这一周折，使他多花了一年零二十天才和家人重逢。

那一年里我们不幸也失去外婆，母亲总是胃痛，痛的时候便叫我把头枕在她胃上，说是压一压就好了。那时我小，成天到小池塘边抓小鱼来玩，忧患对我是个似懂非懂的怪兽，它敲门的时候，不归我应门。他们把外婆火化了，打算不久以后带回老家去，过了二十年，死了心，才把她葬在三张犁。

爸爸从来没跟我们提他被俘和逃亡的艰辛，许多年以后，母亲才陆续透露几句。但那些恐惧在他晚年时却一度再现。有天妈妈外出回来，他说：

“刚才你不在，有人来跟我收钱。”

“收什么钱？”

“他说我是甲级战俘，要收一百块钱，乙级的收五十块。”

妈妈知道他把现实和梦境搞混了，便说：

“你给了他没有？”

“没有，我告诉他我身上没钱，我太太出去了，等下我太太回来你跟她收好了。”

那是他的梦魇，四十多年不能抹去的梦魇，奇怪的是梦魇化解的方法倒也十分简单，只要说一句“你去找我太太收”就可以了。

幼小的时候，父亲不断告别我们，及至我十七岁读大学，便是我告别他了。我现在才知道，虽然我们共度了半个世纪，我们仍算父女缘薄！这些年，我每次回屏东看他，他总说：

“你是有演讲，顺便回来的吗？”

我总嗯哼一声带过去。我心里想说的是，爸爸啊，我不是因为要演讲才顺便来看你的，我是因为要看你才顺便答应演讲的啊！然而我不能说，他只容我“顺便”看他，他不要我为他担心。

有一年中秋节，母亲去马来探妹妹，父亲一人在家。我不放心，特别南下去陪他，他站在玄关处骂起我来：

“跟你说不用回来、不用回来，你怎么又跑回来了？你回来，回去的车票买不到怎么办？叫你别回来，不听。”

我有点不知所措，中秋节，我丢下丈夫孩子来陪他，他反而骂我。但愣住几秒钟后，我忽然明白了，这个钢铮的北方汉子，他受不了柔情，他不能忍受让自己接受爱宠，他只好骂我。于是我笑笑，不理他，且去动手做菜。

父亲对母亲也少见浪漫镜头，但有一次，他把我叫到一边，说：“你们姐妹也太不懂事了！你妈快七十的人了，她每次去台北你们就这个要五包凉面，那个要一只盐水鸭，她哪里提得动？”

母亲比父亲小十一岁，我们一直都觉得她是年轻的那一个，我们忘记她也在老。又由于想念屏东眷村老家，每次就想买点美食来解乡愁，只有父亲看到母亲已不堪提携重物。

由于父亲是军人，而我们子女都不是，没有人知道他在他那行算怎样一个人物。连他得过的二枚云麾勋章，我们也弄不清楚相等于多大的战绩。但我读大学时有次站在公交车上，听几个坐在我前面的军人谈论陆军步兵学校的人事，不觉留意。父亲曾任步校的教育长、副校长，有一阵子也代理校长。我听他们说着说着就提到父亲，我心跳起来，不知他们会说出什么话来，只听一个说：

“他这人是个好人。”

又一个说：

“学问也好。”

我心中一时激动不已，能在他人口碑中认识自己父亲的好，真是幸运。

又有一次，我和丈夫孩子到鹭鸶潭去玩，晚上便宿在山间。山中有几椽茅屋，是些老兵盖来做生意的，我把身份证拿去登记，老兵便叫了起来：

“呀，你是张家闲的女儿，副校长是我们老长官了，副校长道德学问都好的，这房钱，不能收了。”

我当然也不想占几个老兵的便宜，几经推扯，打了折扣收钱。其实他们不知道，我真正受惠的不是那一点折扣，而是从别人眼中看到的父亲正直崇高的形象。

八十九岁，父亲去开白内障，打了麻药还没有推入手术室，我找些话跟他说，免得他太快睡着。

“爸爸，杜甫，你知道吗？”

“知道。”

“杜甫的诗你知道吗？”

“杜甫的诗那么多，你说那一首啊？”

“我说《兵车行》‘车辚辚’那下面是什么?”

“马萧萧。”

“再下面呢?”

“行人弓箭各在腰，爷娘妻子走相送，尘埃不见咸阳桥，牵衣顿足拦道哭，哭声直上干云霄……”

我的泪直滚滚地落下来，不知为什么，透过一千二百年前的语言，我们反而狭路相遇。

人间的悲伤，无非是生离和死别，战争是生离和死别的原因，但，衰老也是啊！父亲垂老，两目视茫茫，然而，他仍记得那首哀伤的唐诗。父亲一生参与了不少战争，而衰老的战争却是最最艰辛难支的战争吧?

我开始和父亲平起平坐的谈起诗来，是在初中阶段。父亲一时显然惊喜万分，对于女儿大到可以跟他谈诗的事几乎不能置信。在那段清贫的日子里谈诗是有实质的好处的，母亲每在此时烙一张面糊饼，切一碟卤豆干，有时甚至还有一瓶黑松汽水。我一面吃喝，一面纵论，也只有父亲容得下我当时的胡言吧?

父亲对诗，也不算有什么深入研究，他只是熟读《唐诗三百首》而已。我小时常见他用的那本，扉页已经泛黄，上面还有他手批的文字。成年后，我忍不住偷来藏着，那是他一九四一年六月在浙江金华买的，封面用牛皮纸包好。有一天，我忽然想换掉那老旧的包书纸，不料打开一看，才发现原来这张牛皮纸是一个公文袋，那公文袋是从国防部寄的，寄给联勤总部副官处处长，那是父亲在南京时的官职，算来是一九四六、一九四七年的事了。前人惜物的真情比如今任何环保宣言都更实在。父亲走后，我在那层牛皮纸外再包它一层白纸，我只能在千古诗情里去寻觅我遍寻不获的父亲。

父亲去时是清晨五时半，终于，所有的管子都拔掉了，九十四岁，父亲的脸重归安谧祥和。我把加护病房的窗帘打开，初日正从灰红的朝霞中腾起，穆穆皇皇，无限庄严。

我有一袋贝壳，是以前旅游时陆续捡的。有一天，整理东西，忽然想到它们原是属于海洋的。它们已经暂时陪我一段时光了，一切尘缘总有个了结，于是决定把它们一一放回大海。

而我的父亲呢？父亲也被归回到什么地方去了吗？那曾经剑眉星目的英飒男子，如今安在？我所挽留不住的，只能任由永恒取回。而我，我是那因为一度拥有贝壳而聆听了整个海潮音的小孩。

月，阙也

“月，阙也。”那是一本两千年前的文学专书的解释。阙，就是“缺”的意思。

那解释使我着迷。

曾国藩把自己的住所题作“求阙斋”，求缺？为什么？为什么不求完美？

那斋名也使我着迷。

“阙”有什么好呢？“阙”简直有点像古中国性格中的一部分，我渐渐爱上了阙的境界。

我不再爱花好月圆了吗？不是的，我只是开始了解花开是一种偶然，但我同时学会了爱它们月不圆花不开的“常态”。

在中国的传统里，“天残地缺”或“天聋地哑”的说法几乎是毫无疑问地被一般人所接受。也许由于长期的患难困顿，中国神话对天地的解释常是令人惊讶的。

在《淮南子》里，我们发现中国的天空和中国的大地都是曾经受伤的。女娲以其柔和的慈手补缀抚平了一切残破。当时，天穿了，女娲炼五色石补了天。地摇了，女娲折断了神鳌的脚爪垫稳了四极（多像老祖母叠起报纸垫桌子腿）。她又像一个能干的主妇，扫了一堆芦灰，止住了洪水。

中国人一直相信天地也有其残缺。

我非常喜欢中国西南部一少数民族的神话，他们说，天地是男神女神合造的。当时男神负责造天，女神负责造地。等他们各自分头完成了天地而打算合在一起的时候，可怕的事发生了：女神太勤快，她们把地造得太大，以至于跟天没办法合得起来了。但是，他们终于想到了一个好办法，他们把地折叠了起来，形成高山低谷，然后，天地才虚合起来了。

是不是西南的崇山峻岭给他们灵感，使他们想起这则神话呢？

天地是有缺陷的，但缺陷造成了皱折，皱折造成了奇峰幽谷之美。月亮是不能常圆的，人生不如意事十常八九，当我们心平气和地承认这一切缺陷的时候，我们忽然发觉没有什么是不可以接受的。

在另一则汉民族的神话里，说到大地曾被共工氏撞不周山时撞歪了——从此“地陷东南”，长江黄河便一路浩浩渺渺地向东流去，流出几千里的惊心动魄的风景。而天空也在当时被一起撞歪了，不过歪的方向相反，是歪向西北，据说日月星辰因此哗啦一声大部分都倒到那个方向去了。如果某个夏夜我们抬头而看，忽然发现群星灼灼然的方向，就让我们相信，属于中国的天空是“天倾西北”的吧！

五千年来，汉民族便在这歪倒倾斜的天地之间挺直脊骨生活下去，只因我们相信残缺不但是可以接受的，而且是美丽的。

而月亮，到底曾经真正圆过吗？人生世上其实也没有看过真正圆的东西，一张葱油饼不够圆，一块镍币也不够圆。即使是圆规画的圆，如果用高度显微镜来看也不可能圆得很完美。

真正的圆存在于理念之中，而在现实的世界里，我们只能做圆的“复制品”。就现实的操作而言，一截圆规上的铅笔芯在画圆的起点和终点时，已经粗细不一样了。

所有的天体远看都呈球形，但并不是绝对的圆，地球是约略近于椭圆形。

就算我们承认月亮约略的圆光也算圆，它也是“方其圆时，即其缺时”。有如十二点整的钟声，当你听到钟声时，已经不是十二点了。

此外，我们更可以换个角度看。我们说月圆月阙其实是受我们有限的视觉所欺骗。有盈虚变化的是月光，而不是月球本身。月何尝圆，又何尝缺，它只不过像地球一样不增不减地兀自圆着——以它那不十分圆的圆。

花朝月夕，固然是好的，只是真正的看花人哪一刻不能赏花？在初生的绿芽嫩嫩怯怯地探头出土时，花已暗藏在那里。当柔软的枝条试探地在大气中舒手舒脚时，花隐在那里。当蓓蕾悄然结胎时，花在那里。当花瓣怒张时，花在那里。当香销红黯委地成泥的时候，花仍在那里。当一场雨后只见满丛绿肥的时候，花还在那里。当果实成熟时，花恒在那里，甚至当果核深埋地下时，花依然在那里……

或见或不见，花总在那里。或盈或缺，月总在那里。不要做一朝的看花人吧！不要做一夕的赏月人吧！人生在世哪一刻不美好完满？哪一刹不该顶礼膜拜感激欢欣呢？

因为我们爱过圆月，让我们也爱缺月吧——它们原是同一个月亮啊！

母亲的羽衣

讲完了牛郎织女的故事，细看儿子已经垂睫睡去，女儿却犹自瞪着坏坏的眼睛。

忽然，她一把抱紧我的脖子，把我坠得发疼：

“妈妈，你说，你是不是仙女变的?”

我一时愣住，只胡乱应道：

“你说呢?”

“你说，你说，你一定要说。”她固执地扳住我不放，“你到底是不是仙女变的?”

我是不是仙女变的？——哪一个母亲不是仙女变的?

像故事中的小织女，每一个女孩都曾住在星河之畔，她们织虹纺霓，藏云捉月，她们几曾烦心挂虑？她们是天神最偏怜的小女儿，她们终日临水自照，惊讶于自己美丽的羽衣和美丽的肌肤，她们久久凝注着自己的青春，被那份光华弄得痴然如醉。

而有一天，她的羽衣不见了，她换上了人间的粗布——她已经决定做一个母亲。有人说她的羽衣被锁在箱子里，她再也不能飞翔了，人家还说，是她丈夫锁上的，钥匙藏在极秘密的地方。

可是，所有的母亲都明白那仙女根本就知道箱子在哪里，她甚至也知道藏钥匙的所在。在某个无人的时候，她甚至会惆怅地开启箱子，用忧伤的目光抚摸那些柔软的羽毛。她知道，只要羽衣一着身，她就会重新回到云端，可是她把柔软白亮的羽毛拍了又拍，仍然无声无息地关上箱子，藏好钥匙。

是她自己锁住那身昔日的羽衣的。

她不能飞了，因为她已不忍飞去。

而狡黠的小女儿总是偷窥到那藏在母亲眼中的秘密。

许多年前，那时我自己还是一个小女孩，我总是惊奇地窥视着母亲。

她在口琴背上刻了小小的两个字——“静鸥”，那里面有什么故事吗？那不是母亲的名字，却是母亲名字的谐音，她也曾梦想过自己是一只静栖的海鸥吗？她不怎么会吹口琴，我甚至想不起她吹过什么好听的歌，但那名字对我而言是母亲神秘的羽衣，她轻轻写那两个字的时候，她可以立刻变了一个人，她在那名字里是另外一个我所不认识的有翅的什么。

母亲晒箱子的时候是她另外一种异常的时刻，母亲似乎有好些东西，完全不是拿来用的，只为放在箱底，按时年年在三伏天取出来曝晒。

记忆中母亲晒箱子的时候就是我兴奋欲狂的时候。

母亲晒些什么？我已不记得，记得的是樟木箱又深又沉，像一个混沌黝黑初生的宇宙，另外还记得的是阳光下竹竿上富丽夺人的颜色，以及怪异却又严肃的樟脑味，以及我在母亲喝禁声中东摸摸、西探探的快乐。

我唯一真正记得的一件东西是一幅漂亮的湘绣被面，雪白的缎子上，绣着兔子和翠绿的小白菜，和红艳欲滴的小杨花萝卜，全幅上还绣了许多别的令人惊讶赞叹的东西，母亲一面整理，一面会忽然回过头来说：“别碰，别碰，等你结婚就送给你。”

我小的时候好想结婚，当然也有点害怕，不知为什么，仿佛所有的好东西都是等结了婚就自然是我的了，我觉得一下子有那么多好东西也是怪可怕的事。

那幅湘绣后来好像不知怎么就消失了，我也没有细问。对我而言，那么美丽得不近乎真实的东西，一旦消失，是一件合理得不能再合理的事。譬如初春的桃花，深秋的枫红，在我看来都是美丽得违了规的东西，是茫茫大化一时的错误，才胡乱把那么多的美推到一种东西上去，桃花理该一夜消失的，不然岂不教世人都疯了？

湘绣的消失对我而言简直就是复归大化了。

但不能忘记的是母亲打开箱子时那份欣悦自足的表情，她慢慢地看着那幅湘绣，那时我觉得她忽然不属于周遭的世界，那时候她会忘记晚饭，忘记我扎辫子的红绒绳。她的姿势细想起来，实在是仙女依恋地轻抚着羽衣的姿势，那里有一个前世的记忆，她又快乐又悲哀地将之一一拾起，但是她也知道，她再也不会去抬起往昔了——唯其不会重拾，所以回顾的一刹那更特别地深情凝重。

除了晒箱子，母亲最爱回顾的是早逝的外公对她的宠爱，有时她胃痛，卧在床上，要我把头枕在她的胃上，她慢慢地说起外公。外公似乎很舍得花钱（当然也因为有钱），常常带她上街去吃点心。她总是告诉我当年的肴肉和汤包怎么好吃，甚至煎得两面黄的炒面和女生宿舍里早晨订的冰糖豆浆（母亲一再强调“冰糖”豆浆，因为那是比“砂糖”豆浆更为高贵的），都是超乎我想象力之外的美味。我每听她说那些事的时候，都惊讶万分——我无论如何不能把那些事和母亲联想在一起。我从有记忆起，母亲就是一个吃剩菜的角色，红烧肉和新炒的蔬菜简直就是理所当然地放在父亲面前的，她自己的面前永远是一盘杂拼的剩菜和一碗“擦锅饭”（擦锅饭就是把剩饭在炒完菜的剩锅中一炒，把锅中的菜汁都擦干净了的那种饭），我简直想不出她不吃剩菜的时候是什么样子。

而母亲口里的外公、上海、南京、汤包、肴肉全是仙境里的东西，母亲每讲起那些事，总有无限的温柔，她既不感伤，也不怨叹，只是那样平静地说着。她并不要把那个世界拉回来，我一直都知道这一点，我很安心，我知道下一顿饭她仍然会坐在老地方，吃那盘我们大家都不爱吃的剩菜。而到夜晚，她会照例一个门一个窗地去检点去上闩。她一直都负责把自己牢锁在这个家里。

哪一个母亲不曾是穿着羽衣的仙女呢？只是她藏好了那件衣服，然后用最黯淡的一件粗布把自己掩藏了，我们有时以为她一直就是那样的。

而此刻，那刚听完故事的小女儿鬼鬼地在窥视着什么？

她那么小，她何由得知？她是看多了卡通，听多了故事吧？她也发现了什么吗？

是在我的集邮本偶然被儿子翻出来的那一刹那吗？是在我拣出石涛画册或汉碑并一页页细味的那一刻吗？是在我猛然回首听他们弹一阕熟悉的钢琴练习曲的时候吗？抑或是在我带他们走过年年的春光，不自主地驻足在杜鹃花旁或流苏树下的一瞬间吗？

或是在我动容地托住父亲的勋章或童年珍藏的北平画片的时候，或是在我翻拣夹在大字典里的干叶之际，或是在我轻声地教他们背一首唐诗的时候……

是有什么语言自我眼中流出呢？是有什么音乐自我腕底泻过呢？为什么那小女孩会问道：

“妈妈，你是不是仙女变的呀？”

我不是一个和千万母亲一样安分的母亲吗？我不是把属于女孩的羽衣收折得极为秘密吗？我在什么时候泄露了自己呢？

在我的书桌底下放着一个被人弃置的木质砧板，我一直想把它挂起来当一幅画，那真该是一幅庄严的画，那样承受过万万千千生活的刀痕和凿印的，但不知为什么，我一直也没有把它挂出来……

天下的母亲不都是那样平凡不起眼的一块砧板吗？不都是那样柔顺地接纳了无数尖锐的割伤却默无一语的砧板吗？

而那小女孩，是凭什么神秘的直觉，竟然会问我：

“妈妈，你到底是不是仙女变的？”

我掰开她的小手，救出我被吊得酸麻的脖子，我想对她说：

“是的，妈妈曾经是一个仙女，在她做小女孩的时候，但现在，她不是了，你才是，你才是一个小小的仙女！”

但我凝视着她晶亮的眼睛，只简单地说了一句：

“不是，妈妈不是仙女，你快睡觉。”

“真的？”

“真的！”

她听话地闭上了眼睛，旋即又不放心地睁开：

“如果你是仙女，也要教我仙法哦！”

我笑而不答，替她把被子掖好，她兴奋地转动着眼珠，不知在想什么。

然后，她睡着了。

故事中的仙女既然找回了羽衣，大约也回到云间去睡了。

风睡了，鸟睡了，连夜也睡了。

我守在两张小床之间，久久凝视着他们的睡容。

另一张考卷

有一次，我和一个乡下女人聊天，她对我说：

“你要晓得，我们头家是做木工的，做一天工才只有八十块钱。”

“八十块！”我叫了起来，“我坐一天办公室才只有四十块钱！”

“哇！”她也叫起来，“你不能这样比，你是个女孩子，女孩子只好算半个工的，能拿到四十块就不错了。”

她说得义正词严，我只好不讲话了——但我不晓得，如果她知道我们办公室里的男士们也和我同等待遇的话，她会怎么说。

从教室到办公室，把课桌换成办公桌，对我而言是一件新鲜而有趣的事。或许，真如那个女人所说的，我的才干与能力只及半个工，但是，我知道，我从这份工作所领受的报酬却远超过一个工。我一直记得某位师母指着她的儿子对我讲的话，她说：“我那孩子，刚撞进社会，什么都不懂，替人家做事等于去学点做人处事的道理，你看，去学东西不要缴学费我已经够满意了，居然还能领薪水，倒真是意外的收入呢！”是的，坐在一间宽大、明亮而又不需缴费的教室里继续学习，对一个刚出学校的年轻人而言，总算是一件幸运的事了。

记得那是去年八月间的一个黄昏，我坐在系主任的客厅里，他对我说：“你来吧！”在那一霎间，我的心中突然塞满了复杂的感情，我知道，在这样简单的一句话里，决定了许多东西。我仿佛又回到幼年时，站在一堆蠕动的青蚕面前，指定其中一条说：“这是我的。”我不知道那条蚕会长到多大。它是否会吐丝？那丝有多长呢？它是否光泽柔软？那些事曾经令我的小脑袋忧虑过。而此刻，我的职业被决定了，我前面的路被一只神秘的手拓开了，这将是怎样的一条路呢？想到陌生的未来，我在兴奋中不免感到惧怕。

九月，那时学校尚未注册，我第一次坐在办公室，整理一些零碎的东西，突然有学生在门口大叫了一声“老师”，仓促间我吓得双手停止动作，抬眼四顾，室中只有我一人，我知道不是叫别人了，只好挺直腰，应了一声：“进来！”心中却不免有点抱怨。

“你，你是新生吗？”

“不，我二年级了。”

我很想告诉他，他对我的称呼和口气已把我吓了一跳，但是看他的神色，又分明是我把他吓了一跳。原来我们都一样紧张。

从此以后，学生叫我的名称就层出不穷了，比较相熟的高年级同学都叫我名字，有的人叫助教，有的人叫老师，一年级的孩子们有时糊里糊涂地竟会喊出教授来，弄得我手足无措。其实我还不至好为人师，除了闻道的先后有异，术业的专攻有异，我何尝有什么值得夸耀于人的？

中文系的助教往往容易给人一种悠闲的错觉，其实“国文”是全校一、二年级的共同必修科，作业和考试的批改是绝对不容许我们闲下来的。尤其改作文，是一项极吃力的工作。有一次，我正在逐字推敲的时候，一位先生走过来，笑道：

“这是报应，你以前也曾如此害过你的老师！”

“我不曾害谁。”我反驳道。

“假如你没有害到大学教授，你总害过中学教员，假如你没害过中学教员，就一定害过小学老师，对不对？你也不是生下来就通文理的。”

突然，我感到一种神圣的意义，我仿佛看到这些学生们，有一天也要离开学校，去帮助别人。而那些被帮助的人，又会出去帮助更多更多的人。知识的施与受是怎样奇妙！

其实，我只是代教授批改文章，应该没有下评语的权力，但有两次，我忍不住要写些话。其中有一个女孩子是因为母亲早逝，不愿看着姐姐独自担当家务，而准备休学；另一个则是寒假结束后接到母亲遽逝的电报，心伤几摧。我在文章后面写了几句安慰鼓励的话，如果我能给别人一点光、一点温暖，我为什么要吝啬呢？我多么希望我所能给予学生的，不仅是错字的纠正，不仅是句法调动，不仅是文采的润饰，而是爱的连系。进一步说，我们的生命何尝不是一篇充满缺点的文章呢？肯纠正别人错误固然不容易，能同情别人的痛苦尤其困难。因此，我愿意自己有一根严正的指头，但我更愿意自己有一副慈爱的眼神。

从前，在我做学生的时候，总以为做了师长就应该无所不知，总觉得答不出别人的问题是一件可耻的事。及至我做了助教以后，才发现许多学者，在他本身所研究的范围内，仍有许多不能答复的问题。真理原是无涯的海，人类不过是在沙滩上拣取贝壳的小童。因此，每次有学生执书而来的时候，我总坦然地接在手里，我知道，即使万一我不能指导他的问题，我诚实的态度仍能指导他一些做人和为学的道理。

身为一个助教，除了课业上的义务外，还有行政上的责任，每学期注册，总是我们最忙的时候。学分的计算、主修科和选修科的安排，常让我们绞尽脑汁。但我们一点不敢松懈，因为我们晓得，偶尔的疏忽往往要让学生多花一年的时间。现在有几个家庭能够很裕如地供应子女一年的学费和宿费？

我希望每一个学生在四年中完成他的学业，我不希望他们因不慎而拖延，更不希望他们因金钱而辍学。

记得那一次，我有事到院长室去，他正在对一个学生说话：

“读书，不一定要花很多的钱，我读大学就完全是靠自己。”

她看见我进去，便说道：

“这位，是你们的助教，她的家庭并不富有，但她也毕业了，并且做了助教，她进来，恰巧给你一个证明。”

“读下去！”我走近那学生，我的心潮起伏，不知该怎样劝他，“你必须读下去，你总会有办法的。”

学校里有一种分期付学费的办法，但必须由教职员作保人，每次有学生来请求我签名的时候，我总仿佛看到当日我自己的影子。我明知道，如果到时候有一个学生不缴款，我就必须扣去一个月的薪水，但我还是签了，我宁愿信任他们。当学生告谢而去的时候，我的眼中充满了泪水，我很想告诉他们不必感谢我，我们都在登一座险峻的山峰，前面的人既已拉着我的手，我又怎能空着另一只手，不去搀扶别人呢？

我从来不觉得我是一个比别人更好的人，我所以体谅学生的痛苦，同情学生的困难，是因为我也曾经作了十几年的学生，并且我放下学生月票还不到一年呢！每次当我在熟悉的校园里独步，当我在课室的老位子上旁听，当我梦见考场里的紧张气氛，当我在福利社里享受一碗廉价的红豆汤，我就不禁浑然忘身，以为自己仍是一个学生。因此，很自然地，我对学生总是宽大的，只要是在可能的范围内，我总希望去帮助他们。

只有一件事，我一点不肯苟且，那就是考试作弊的事！我并不十分重视由考试所鉴定的成绩，但在我所站立的范围中，我绝不容许有舞弊的事情发生。我绝不能忍受一部分人在那里伏案苦思，而另一部分人在那里顾盼抄袭。我痛恨那种混学分的态度，我痛恨那种不顾羞耻的行为，一个人如果读到大学，对于取舍之分还弄不清楚，他所受的教育无非帮助他做一个更体面的小人罢了。我从不相信青年人的牢骚经，我从不相信将来他们能在腐败的社会中作一个廉洁的君子——除非他在考场中是正直的学生。

我很知道，我这样的作风难免会让学生不满，每次当我巡考完毕，疲乏不堪地坐在办公室中，我就仿佛能够想象学生们怨怒的声音，我扶头而坐，低声自问：

“我，我是何苦来呢？”

这时，我的视线往往会触及玻璃垫下那张百合花的图片，那莹白的色泽，那高洁的神韵，常让我领略到一种超然的意境。在图片上端有一小行英文字：“——我恒与你同在。”这时，我仿佛在幽谷中嗅到沁人的香气，我的心中充满欢欣——一种糅合着不被了解之痛苦的欢欣。因为我知，我也确信，我生命的主宰永远站在我身旁，对我说：

“你并没有做错，批评是免不了的，误解也是必需的，荆棘和蒺藜是必然的——只是，在这一切的痛苦中，我恒与你同在。”

当然，在这个社会中，我绝不是个重要的角色，我的努力不会给世界带来太大的改变，但是，我仍然敬重自己的职分——我活在世上一天，总希望这世界比失去我要好些。

有一次，某位低年级的同学把我介绍给他父亲。

“我很早就听说你了，”他很诚恳地说，“我这孩子有个好处，她很肯受教，你指点指点她。”

那时，我恍惚听到无数家长的声音，向我复述着这样一句话。我知道他们绝不是对我说的，他们是向我神圣的职位说的。尽管我没有才学、没有能力，但我警惕着自己，当我正年轻，当我还有一颗火热的心，还有一派真挚的情感，我应该放在学生身上。

和大多数的朋友相比，我的待遇是比较微薄的。但我当初所以乐意从事于此，是希望多有机会和书本亲近，多有机会领受师长的训诲。如今，这一切都得到了，我还奢望什么呢？

偶尔在熄灯之后，就着走廊的灯光看几行未竟的书，便有好奇的学生来问我：

“你已经不要考试了，为什么还要读书呢？”

我不要考试了吗？我还要考的，我还有许多学分，都必须一一修满，在人生的大试卷前，我的手不容许有歇息的机会。前几天，我在学生的考题上发现一行字：“俗体简写，涂改勾勒，一律扣分。”我的心中忽有所触，便把它抄在我的小记事本上。是的，有一天，我也要呈上我的试卷。我但愿这份试卷清洁而整齐，没有一笔是苟且的，没有一个字是错误的，没有一句话是荒谬的，我但愿自己为这张考卷所持的一切诚实，所尽的一切努力，能使我自己满意，能使我人生的主试者满意。

地毯的那一端

德：

从疾风中走回来，觉得自己像是被浮起来了。山上的草香得那样浓，让我想到，要不是有这样猛烈的风，恐怕空气都会给香得凝冻起来！

我昂首而行，黑暗中没有人能看见我的笑容。白色的芦荻在夜色中点染着凉意——这是深秋了，我们的日子在不知不觉中临近了。我遂觉得，我的心像一张新帆，其中每一个角落都被大风吹得那样饱满。

星斗清而亮，每一颗都低低地俯下头来。溪水流着，把灯影和星光都流乱了。我忽然感到一种幸福，那样混沌而又陶然的幸福。我从来没有这样亲切地感受到造物的宠爱——真的，我们这样平庸，我总觉得幸福应该给予比我们更好的人。

但这是真实的，第一张贺卡已经放在我的案上了。洒满了细碎精致的透明照片，灯光下展示着一个闪烁而又真实的梦境。画上的金钟摇荡，遥遥地传来美丽的回响。我仿佛能听见那悠扬的音韵，我仿佛能嗅到那沁人的玫瑰花香！而尤其让我神往的，是那几行可爱的祝词："愿婚礼的记忆存至永远，愿你们的情爱与日俱增。"

是的，德，永远在增进，永远在更新，永远没有一个边和底——六年了，我们护守着这份情谊，使它依然焕发，依然鲜洁，正如别人所说的，我们是幸运的。每次回顾我们的交往，我就仿佛走进博物馆的长廊。其间每一处景物都意味着一段美丽的回忆。每一件东西都牵扯着一个动人的故事。

那样久远的事了。刚认识你的那年才十七岁，一个多么容易错误的年纪！但是，我知道，我没有错。我生命中再没有一个决定比这项更正确了。前天，大伙儿一起吃饭，你笑着说："我这个笨人，我这辈子只做了一件聪明的事。"你没有再说下去，妹妹却拍起手，说："我知道了！"啊，德，我能够快乐地说："我也知道。"因为你做的那件聪明事，我也做了。

那时候，大学生活刚刚展开在我面前。台北的寒风让我每日思念南部的家。在那小小的阁楼里，我呵着手写蜡纸。在草木摇落的道路上，我独自骑车去上学。生活是那样黯淡，心情是那样沉重。在我的日记上有这样一句话："我担心，我会冻死在这小楼上。"而这时候，你来了。你那种毫无企冀的友谊四面环护着我，让我的心触及最温柔的阳光。

我没有兄长，从小我也没有和男孩子同学过。但和你交往却是那样自然，和你谈话又是那样舒服。有时候，我想，如果我是男孩子多么好呢！我们可以一起去爬山，去泛舟。让小船在湖里任意漂荡，任意停泊，没有人会感到惊奇。好几年以后，我将这些想法告诉你，你微笑地注视着我："那，我可不愿意，如果你真想做男孩子，我就做女孩。"而今，德，我没有变成男孩子，但我们可以去遨游，去做山和湖的梦。因为，我们将有更亲密的关系了。啊，想象中终身相爱相随该是多么美好！

那时候，我们穿着学校规定的卡其服，我新烫的头发又总是被风吹得乱蓬蓬的。想起来，我总不明白你为什么那样喜欢接近我。那年大考的时候，我蜷曲在沙发里念书。你跑来，热心地为我讲解英文文法。好心的房东为我们送来一盘春卷，我慌乱极了，竟吃得洒了一裙子。你瞅着我说："你真像我妹妹，她和你一样大。"我窘得不知如何是好，只是一径低着头，假作抖那长长的裙幅。

那些日子真是冷极了。每逢没有课的下午我总是留在小楼上，弹弹风琴，把一本拜尔琴谱都快翻烂了。有一天你对我说："我常在楼下听你弹琴。你好像常弹那首《甜蜜的家庭》。怎么？在想家吗？"我很感激你的窃听，唯有你了解、关切我凄楚的心情。德，那个时候，当你独自听着的时候，你想些什么呢？你想到有一天我们会组织一个家庭吗？你想到我们要用一生的时间以心灵的手指合奏这首歌吗？

寒假过后，你把那叠泰戈尔诗集还给我。你指着其中一行请我看："如果你不能爱我，就请原谅我的痛苦吧！"我于是知道发生什么事了。我不希望这件事发生，我真的不希望。并非由于我厌恶你，而是因为我太珍重这份素净的友谊，反倒不希望有爱情去加深它的色彩。

但我却乐于和你继续交往。你总是给我一种安全稳妥的感觉。从头起，我就付给你我全部的信任。只是，当时我心中总向往着那种传奇式的、惊心动魄的恋爱，并且喜欢那么一点点的悲剧气氛。为着这些可笑的理由，我耽延着没有接受你的奉献。我奇怪你为什么仍作那样固执的等待。

你那些小小的关怀常令我感动。那年圣诞节你把得来不易的几颗巧克力糖，全部拿来给我了。我爱吃笋豆里的笋干，唯有你注意到，并且耐心地为我挑出来。我常常不晓得照料自己，唯有你想到用自己的外衣披在我身上。（我至今不能忘记那衣服的温暖，它在我心中象征了许多意义。）是你，敦促我读书。是你，容忍我偶发的气性。是你，仔细纠正我写作的错误。是你，教导我为人的道理。如果说，我像你的妹妹，那是因为你太像我大哥的缘故。

后来，我们一起得到学校的工读金。分配给我们的是打扫教室的工作。每次你总强迫我放下扫帚，我便只好遥遥地站在教室的末端，看你奋力工作。在炎热的夏季里，你的汗水滴落在地上。我无言地站着，等你扫好了，我就去掸掸桌椅，并且帮你把它们排齐。每次，当我们目光偶然相遇的时候，总感到那样兴奋。我们是这样地彼此了解，我们合作的时候总是那样完美。我注意到你手上的硬茧，它们把那虚幻的字眼十分具体地说明了。我们就在那飞扬的尘影中完成了大学课程——我们的经济从来没有富裕过，我们的日子却从来没有贫乏过。我们活在梦里，活在诗里，活在无穷无尽的彩色希望里。记得有一次，我提到玛格丽特公主在她婚礼中说的一句话："世界上从来没有两个人像我们这样快乐过。"你毫不在意地说："那是因为他们不认识我们的缘故。"我喜欢你的自豪，因为我也如此自豪着。

我们终于毕业了，你在掌声中走到台上，代表全系领取毕业证书。我的掌声也夹在众人之中，但我知道你听到了。在那美好的六月清晨，我的眼中噙着欣喜的泪。我感到那样骄傲，我第一次分沾你的成功、你的光荣。

"我在台上偷眼看你，"你把系着彩带的文凭交给我，"要不是中国风俗如此，我一走下台来就要把它送到你面前去的。"

我接过它，心里垂着沉甸甸的喜悦。你站在我面前，高昂而谦和，刚毅而温柔。我忽然发现，我关心你的成功，远远超过我自己的。

那一年，你在军中。在那样忙碌的生活中，在那样辛苦的演习里，你却那样努力地准备研究所的考试。我知道，你是为谁而做的。在凄长的分别岁月里，我开始了解，存在于我们中间的是怎样一种感情。你来看我，把南部的冬阳全带来了。那厚呢的陆战队军服重新唤起我童年时期对于号角和战马的梦。我一直没有告诉你，当时你临别敬礼的镜头烙在我心上有多深。

我帮着你搜集资料，把抄来的范文一篇篇断句、注释。我那样竭力地做，怀着无上的骄傲。这件事对我而言有太大的意义。这是第一次，我和你共赴一件事。所以当你把录取通知转寄给我的时候，我竟忍不住哭了。德，没有人经历过我们的奋斗，没有人像我们这样相期相勉，没有人像我们这样多年来在冬夜图书馆的寒灯下彼此伴读。因此，也就没有人了解成功带给我们的兴奋。

我们又可以见面了，能见到真真实实的你是多么幸福。我们又可以去作长长的散步，又可以蹲在旧书摊上享受一个闲散黄昏。我永不能忘记那次去泛舟。回程的时候，忽然起了大风。小船在湖里直打转，你奋力摇橹，累得一身都汗湿了。

“我们的道路也许就是这样吧！”我望着平静而险恶的湖面说，“也许我使你的负担更重了。”

“我不在意，我高兴去搏斗！”你说得那样急切，使我不敢正视你的目光，“只要你肯在我的船上，晓风，你是我最甜蜜的负荷。”

那天我们的船顺利地拢了岸。德，我忘了告诉你，我愿意留在你的船上，我乐于把舵手的位置给你。没有人能给我像你给我的安全感。

只是，人海茫茫，哪里是我们共济的小舟呢？这两年来，为着成家的计划，我们劳累到几乎虐待自己的地步。每次，你快乐的笑容总鼓励着我。

那天晚上你送我回宿舍，当我们迈上那斜斜的山坡，你忽然驻足说："我在地毯的那一端等你！我等着你，晓风，直到你对我完全满意。"

我抬起头来，长长的道路伸延着，如同圣坛前柔软的红毯。我迟疑了一下，便踏向前去。

现在回想起来，已不记得当时是否是个月夜了，只觉得你诚挚的言词闪烁着，在我心中亮起一天星月的清辉。

"就快了！"那以后你常乐观地对我说，"我们马上就可以有一个小小的家。你是那屋子的主人，你喜欢吗？"

我喜欢的，德，我喜欢一间小小的陋屋。到天黑时分我便去拉上长长的落地窗帘，捻亮柔和的灯光，一同享受简单的晚餐。但是，哪里是我们的家呢？哪儿是我们自己的宅院呢？

你借来一辆半旧的脚踏车，四处去打听出租的房子，每次你疲惫不堪地回来，我就感到一种痛楚。

"没有合意的，"你失望地说，"而且太贵，明天我再去看。"

我没有想到有那么多困难，我从不知道成家有那么多琐碎的事，但至终我们总算找到一栋小小的屋子了。有着窄窄的前庭，以及矮矮的榕树。朋友笑它小得像个巢，但我已经十分满意了。无论如何，我们有了可以憩息的地方。当你把钥匙交给我的时候，那重量使我的手臂几乎为之下沉。它让我想起一首可爱的英文诗：“我是一个持家者吗？哦，是的。但不止，我还得持护着一颗心。”我知道，你交给我的钥匙也不止此数。你心灵中的每一个空间我都持有一把钥匙，我都有权径行出入。

亚寄来一卷录音带，隔着半个地球，他的祝福依然厚厚地绕着我。那么多好心的朋友来帮我们整理。擦窗子的，补纸门的，扫地的，挂画儿的，插花瓶的，拥拥熙熙地挤满了一屋子。我老觉得我们的小屋快要炸了，快要被澎湃的爱情和友谊撑破了。你觉得吗？他们全都兴奋着，我怎能不兴奋呢？我们将有一个出色的婚礼，一定的。

这些日子我总是累着。去试礼服，去订鲜花，去买首饰，去选窗帘的颜色。我的心像一座喷泉，在阳光下涌溢着七彩的水珠儿。各种奇特复杂的情绪使我昏眩。有时候我也分不清自己是快乐还是茫然，是在忧愁还是在兴奋。我眷恋着旧日的生活，它们是那样可爱。我将不再住在宿舍里，享受阳台上的落日。我将不再偎在母亲的身旁，听她长夜话家常。而前面的日子又是怎样呢？德，我忽然觉得自己好像要被送到另一个境域里去了。那里的道路是我未走过的，那里的生活是我过不惯的，我怎能不惴惴然呢？如果说有什么可以安慰我的，那就是：我知道你必定和我一同前去。

冬天就来了，我们的婚礼在即。我喜欢选择这季节，好和你厮守一个长长的严冬。我们屋角里不是放着一个小火炉吗？当寒流来时，我愿其中常闪耀着炭火的红光。我喜欢我们的日子从黯淡凛冽的季节开始，这样，明年的春花才对我们具有更美的意义。

我即将走入礼堂，德，当结婚进行曲奏响的时候，父亲将挽着我，送我走到坛前，我的步履将凌过如梦如幻的花香。那时，你将以怎样的微笑迎接我呢？

我们已有过长长的等待，现在只剩下最后的一段了。等待是美的，正如奋斗是美的一样。而今，铺满花瓣的红毯伸向两端，美丽的希冀盘旋而飞舞。我将去即你，和你同去采撷无穷的幸福。当金钟轻摇，蜡炬燃起，我乐于走过众人去立下永恒的誓愿。因为，哦，德，因为我知道，是谁，在地毯的那一端等我。

你还没有爱过

——七月七，另一种更悲壮的情人节

唐人街

钧。

那是纽约，唐人街，几张废纸被风扬起，飘了几步，然后坠下。

有人在某个交叉口上拍功夫片，一个又小又瘦的男孩拖着条辫子，对着镜头猛然把脚踢起——

八月的夜，说不上是闷热还是凄凉。你下了车，走出停车场，送我们在一片墨色中走向投宿的楼。

“什么时候——总会再见面的吧？”

“在台湾？”我们问。

“也许。”

八楼上，我们俯视模糊的唐人街，楼很旧，唐人街更旧，我忽然觉得这里每一件事看起来都显得不胜疲倦。

那是四年前的事了。

都说你“左”了，朋友们谈起你，口气立刻异样起来，但我们一到纽约，还是辗转把你的电话要到了。爬上楼梯，我们看到你年迈的父母，你的妻，你自己，以及你那被“钓鱼台事件”灼热过、被左倾的激情灌注过，而今却被囚于美国资本主义社会里“一个保险公司的职员的睑上”的眼睛。

即使是左了，朋友总还可以是朋友吧？

像京戏《群英会》里的周瑜和蒋干，如今的中国人见了面也往往必须约好“今夕只谈风月”。

坐在斗室里，我开始迷惑，那么多中国人坐在异国的屋檐下把盏话中国——盏中所注的是异国冰冻的橙汁或可乐——题目是这边的或那边的中国，以潇洒的手势。

而我，我不要站在隔岸，我既经决定纵身入火，就已放弃隔岸观火的悠闲。我在火里，和万千人比肩，这场火会焚我们成灰？抑或炼我们成钢？答案总会分晓。我们要赌这一口气——跟火，也跟岸上观火的袖手人。

那天，我们分了手，在纽约唐人街沉沉的夜色里，不知为什么，那夜色常是我心上挥不掉的一抹黑。

你还没有爱过！

在台北北门口平和安静的宿舍里，家家户户种的小花小草，此起彼落地开着，你一住二十年。一个书包，来来往往地背来又背去。生字簿念烂一本又换一本。一盏灯下，你慈祥的姥姥把菜式从春韭逐渐换成冬夜的酸白菜火锅……平静的岁月就这样过去，但你始终没有遇见“爱”，你从来不懂什么叫激情，你找不到一个烈焰腾腾的祭坛把自己献上——你还没有爱过！你的生命是一场空白。

那个温柔的、巨大的、坚实的、强悍的爱你还不曾经历。你还是一个笔画尚未写完的字，读不出意义来。

你还没有爱过——那种可以称之为国家民族的爱。

曾有人爱过——在千年以前。

曾有人爱过——在百年以前。

曾有人爱过——在近几十年，以及今天。

但，为什么付出者不是你我？

你还没有爱过，虽然你匆匆去找一个对象并且努力认同，虽然你让自己恍惚感到一份悲壮伟大的情操。而一转眼，地覆天翻，热忱萎落尘泥，你才发觉你在崇拜一个并不存在的神祇，你发现整个事件是一场虚空的单恋。

你仍然没有爱过。你仍然空白。

贵阳街

转过中华路，把市声留在堂皇阔大的阳光里，就到了贵阳街。

几门古炮竖在路边，猛然走过，仿佛旧日的沉响犹在耳——那个地方叫“国军历史文物馆”。

你走进去，两侧大玻璃橱里的历史静静地定了影。历史僵冷无比，也温柔无比。历史极可信，却又几乎令人不敢置信。

一截竹子，剖自广西宾阳县的莫陈村，（莫陈村？是姓莫的和姓陈的人世居的小村落吧？）那时是一九四〇年，（我们还没有出生，却有人在那年已死了。）在一场寡不胜敌的殊死战后，日本军官筑紫丰在七个学生的尸体间发现了几截竹子和其上的刻字：

终有一天，将我们的青天白日旗飘扬在富士山头！

字迹仍然清楚秀丽，是什么人从容的绝笔？（是一个姓莫的或姓陈的少年吗？）筑紫丰把竹子锯下来，起名叫“竹林遗书”，并且带到日本，在九州的福冈市像神明一样地供起来。

一九六六年，神宫的宫司把它带回台北，交还给中国人。

而今，它那样安详而不显眼地站在那里，可以是任何一个中国人于自在随便时说的一句话。可以是大劫当前、血尽泪枯时淡然的一句遗言——也可以是让侵略者倏然一惊不由得不顶礼膜拜的神物。

再转过去，一件紫斑的血衣静静地叠放着。仿佛是黄昏，那女人打好了水柔声地叫他去沐浴，一件待换的衣服放在浴缸旁——而那人再不回来了，一枚小小的取自胸膛的弹头放在旁边。一个湖南人，死在山东，在一九四六年。悲伤吗？不，那人以胸血拓下一朵红梅，那人爱过了！

两侧模糊的旧照片在絮絮地叮咛着一些什么。

有人站在卢沟桥头，在桥柱中把自己站成桥柱，在满桥数不清的石狮子中把自己站成活的狮子——那年轻的兵，他爱过了。

有人在太原城里死守巷战。

有人强渡怒江，浑忘身家。

有人在遥远的腾冲城，以血肉之躯证道。

有人在不知名的异乡，将自己不被人知的名字交给中国的大地。

有人死在海里。

有人死在蓝得亮烈的中国天空。

而终有一天，一纸降书，一排降将，一长列解下的军刀，我们赢了！

我们赢了，那不是最重要的，重要的是，那一代的中国人爱过了。

诗

有人称他为邱清泉上将，有人称他邱清泉烈士，而我要说，他是一个诗人。

号雨庵——多雅逸的别号，是诗人的别号啊！那里面有文文山和岳武穆的传承啊！

在一个“暖日照融千树雪，寒风吹散满天云”的十二月，他迎接战胜而归的莫伦生，著一首七律：

汗马黄沙百战勋
神州多难待诸君
从来王业归汉有
岂可江山与贼分
……

那是以剑写的诗，那是以枪圈点的诗，那不是中文系里平平仄仄的产品。而在“第二兵团驻徐办事处”的用笺上（一张怎样的诗笺），他匆匆写下凄怆的五古：

……

何处是青山
定多杜鹃血
入夜秋风起
云浮月明灭
鸿雁何悲鸣
征夫心胆裂
故园人岂知
天涯愁肠结

所谓战争和诗，在根本上应该是一种事业——都是沾血来写的一种事业。

而在芝山岩，情报局，那些遗书无声地挂在墙上，一封封，丈夫写给妻子的，女孩写给姐姐的。一股羁不住的豪情，一些斩不断的牵绊。你仿佛听到有声音破纸而出，大声地喊你，喊醒你血液里沉睡的什么。

那些恻恻的语言，怎能不是诗。

赵锡光，香江学院毕业，有一张属于书生的温文尔雅的脸，死于三十九岁，他给妻子的信平静而深情：

巧云：

当您看到我亲笔留给您（的）这封信的时候，那么就是我已经不在人间了。这您一定会痛不欲生的。

可是，您要知道，您的丈夫，我，是在这个国难家破的时候勇敢光荣地为国家牺牲了的。所以，这您该感到万分的骄傲，不应悲伤。不但不应该悲伤，更应该坚强地做人，愉快地生活，耐心教养我俩的爱女世惠，孝顺爸妈，这样您才算是一位贤妻孝女，更才算是一个有理性有知识有教育有情感的女性。巧云，我深知您是一个洁贞的贤妻良母，兼之我俩相爱甚笃，故无论我生或死，您都不会有二心两志的，可是，巧云，您要知道，现在您正是青春之年，一个年轻的女子没有丈夫是最不方便和容易受人欺侮的。同时爸妈又只有您这一个独生女儿，别无子嗣，他俩老人家年纪又大了，因此无论如何您都需要有一位常在您身边而忠实可靠健康的丈夫，那么您及你爸妈才有所依靠……绝不可为了我俩夫妻爱情就坚志不肯再次婚嫁……待世惠长大后希望您能使她知道她的爸爸……巧云，听话吧，不要悲伤，如真是说人死后还有灵的话，那么，我会保佑你母女的……巧云……盼望你珍惜保重……

陈实曾是个山东大汉，刻苦自励，却意外的有一手漂亮的字。

淑媛：

我要出海了，我的任务很艰巨，做一个军人的妻子，要比军人还要勇敢。如果真有那么一天（也许不会），那也是军人的归所，何况人生自古谁无死，你不要太悲伤，因为我们有五个孩子，需要你照料。

我想不会像我想的那么坏，但是我却希望在你的心里有个准备，才不会被突如其来的打击打倒。

孩子们要好好照料，叫他们都能受良好的教育，不要放弃你的工作，这样在精神上有个安慰，临行匆匆，不多写了，希望你多自珍重。

那些人也有智慧，那些人也有爱情，那些人也有对人世的依恋，那些人是比一切诗人更其诗人的，而他们却死了，无数的人正跟着他们去死，他们以自己的死亡去换取我们的生存，而我们浑然不知。

他们活过了，他们爱过了，他们诗过了——你呢？

同学录

你的毕业年刊，我看过了，彩色精印，在雪白的铜版纸上。年刊里有女孩的笑靥，有那春天闹嚷嚷的杜鹃，有宁静的校园，有校园中的钟声……

但我要说的是半世纪以前民国14年黄埔一期的那一本。

在那里没有人题“鹏程万里”，在那里没有人说“前途光明”，一篇序言竟是一篇泣血的哽语，所谓生死之交，所谓袍泽深情，应该就是这样的句子：

开卷，见总理与全校同志之写真，万感交集，未序先泣……在我之前者为总理，在我之后者有诸生与各将士。昔日同生死共患难者，至今几不及十之七，至亲如先妣，至爱如二子，每遭国难奉电命，皆能弃置骨肉之亲于勿顾。而独于本校同志之间须臾分离，此心遂觉怦怦不自安……阵亡者四十余人……诸子折股断臂，洞胸穿肠，伤势更剧，几至残废终身，见之但有对泣而已。其中死事之尤惨者……检其遗骸，其弹颗之中脑部与胸部者，有五弹以至十一弹者，几使中正目不忍睹……言念及此，能不痛心？呜呼！吾校同志，前仆后继，每于肉搏登城碧血淋漓之时，毫无悸怖状，且浩然捐生，乐如还乡。其果何为而使然也？无他，总理主义之所感，而诸生精诚之所出也。今先于我者总理既长逝，后乎我者诸生亦多沦亡，而惟留不先不后不死不活之中正，贻笑于世。天下之至难堪悲戚酸楚而不能忍者，孰过于此？古人以苟活为羞，而其痛苦有甚于身死者！余视今日师长之死，与我学生将士之死，其难言之隐痛，实过于余之身死……每于梦中哭笑啼泣，家人常为之震惊不置，及余醒后，恍惚几不自知其所以然，但觉对我已死之同志，凄惨悲伤黯然消魂而已……

而在六期的序里，你看到的仍是那样剖心沥肝的句子：

苍茫四顾，万感交集，第六期同学录序，不知应从何序起。诸同学试一张目以视，一闭目以思，人间何世？反动势力是否完全消灭？破坏和平统一之新军阀是否敛迹？不平等条约是否取消？国防军队是否健实？帝国主义者之进攻是否轻于前？……一言以蔽之，今日中国之革命，是否已完全？今日国家之危急，民众之痛苦是否已较第一期第二期第三期第四期第五期各期同学毕业时为佳？

而学生们照例把照片剪成椭圆形，那些名字和通讯处总令我惊奇。

王新民　年二十　徐州睢宁城内恒泰号转

恒泰号？恒泰号是一个南货店还是个杂货铺？

郭孝言　年十九　镇江城内小市口杜宅后院

杜宅后院？他是怎么从深深的后院走出来跑到黄埔去的？那其间有一个怎样长长的故事？

张个臣　年二十四　陕西宁陕县关口街

张个臣？是出于《大学》那本书里“若有一个臣”的句子吧？还戴着眼镜，一个认真的男孩。

章　甫　年二十三　湖南永州老县门口章吉祥药号交

章吉祥药号？一个瓶罐井然的中药铺？他是怎样蜕变为方脸扬眉的军人？

李慕孙　年二十二　广东新丰街永生堂转

李慕孙？是慕孙中山吧？

张慕陶　年二十七　湖北鄂城县张义顺鱼行

鱼行？是鱼米之乡的地方来的吧？

张　衡　年二十五　浙江海门大荆镇张裕大酒坊

酒坊？那男孩会在魂梦中想起故园芳烈的气息吗？

李亚丹　年二十二　湖南岳州桃林喻义兴宝号转旧屋李家

李家旧屋？那是怎样庭院深深瓦漏墙圮的一个地方？

蔡轶伦　年二十一　江苏奉贤南桥镇徐永馨花行交

花行？也有军人是来自花行的吗？

郑良思　年二十五　福建福州南台洋头口大井同宝成烛芯店转

烛芯店，那是怎样的一种风光？

张情侠　年二十一　上海法界蓝维霭路元昌米行交

奇怪的名字，情侠，是逃家出来以后自己偷取的吧？

只为一声戍角，那些好男儿从稻田从麦田从高粱田，从商行，从药铺，从磨坊，从鱼行，从杂货铺，从酒坊一一走出来，就这样，走出一番新翠照眼的日月山川，不知为什么，越读那些土里土气的小地名，越觉有万千王师的气象，每翻一张扉页，竟觉得在腕底翻起的是飒飒然的八方风雨。

怎么也曾有如此一本同学录，没有彩色，只有风雨。

看五十年前的少年，如今剩两鬓花斑，但他们活过，他们爱过。

我们注定要为一个什么而燃烧，我们要狠狠地爱一场，只是，去爱什么呢？去为什么而自焚呢？为一个不存在的谎言？抑或为一则确凿的信仰？

你呢？

今夕何夕？

坐在软椅上，从头皮到脚趾完好无一寸伤痕的你，身体发肤不着一丝烟熏火燎的你，在冰箱里寻找冰冻橙汁、可乐或七喜的你——

你，还没有爱过。

人物

有些人

有些人，他们的姓氏我已遗忘，他们的脸却恒常浮着——像晴空，在整个雨季中我们不见它，却清晰地记得它。

那一年，我读小学二年级，有一个女老师——我连她的脸都记不起来了，但好像觉得她是很美的，（有哪一个小学生心目中的老师不美呢？）也恍惚记得她身上那片不太鲜丽的蓝。她教过我们些什么，我完全没有印象，但永远记得某个下午的作文课，一位同学举手问她“挖”字该怎么写，她想了一下，说：

“这个字我不会写，你们谁会？”

我兴奋地站起来，跑到黑板前写下了那个字。

那天，放学的时候，当同学们齐声向她说“再见”的时候，她向全班同学说：

“我真高兴，我今天多学会了一个字，我要谢谢这位同学。”

我立刻快乐得有如胁下生翅一般——我生平似乎再没有出

现过那么自豪的时刻。

那以后，我遇见无数学者，他们尊严而高贵，似乎无所不知。但他们教给我的，远不及那个女老师为多。她的谦逊，她对人不吝惜的称赞，使我忽然间长大了。

如果她不会写“挖”字，那又何妨，她已挖掘出一个小女孩心中宝贵的自信。

有一次，我到一家米店去。

“你明天能把米送到我们的营地吗？”

“能。”那个胖女人说。

“我已经把钱给你了，可是如果你们不送，”我不放心地说，“我们又有什么证据呢？”

“啊！”她惊叫了一声，眼睛睁得圆突突，仿佛听见一件耸人听闻的罪案，“做这种事，我们是不敢的。”

她说“不敢”两个字的时候，那种敬畏的神情使我肃然，她所敬畏的是什么呢？是尊贵古老的卖米行业？还是“举头三尺即有神明”？

她的脸，十年后的今天，如果再遇到，我未必能辨认，但我每遇见那无所不为的人，就会想起她——为什么其他的人竟无所畏惧呢！

有一个夏天，中午，我从街上回来，红砖人行道烫得人鞋底都要烧起来似的。

忽然，我看到一个衣衫褴褛的中年人疲软地靠在一堵墙上，他的眼睛闭着，黧黑的脸曲扭如一截枯根，不知在忍受什么？

他也许是中暑了，需要一杯甘洌的冰水。他也许很忧伤，需要一两句鼓励的话，但满街的人潮流动，美丽的皮鞋行过美丽的人行道，但没有人驻足望他一眼。

我站了一会儿，想去扶他，但我闺秀式的教育使我不能不有所顾忌。如果他是疯子，如果他的行动冒犯我——于是我扼杀了我的同情，让自己和别人一样地漠然离去。

那个人是谁？我不知道，那天中午他在眩晕中想必也没有看到我，我们只不过是路人。但他的痛苦却盘踞了我的心，他的无助的影子使我陷在长久的自责里。

上苍曾让我们相遇于同一条街，为什么我不能献出一点手足之情，为什么我有权漠视他的痛苦？我何以怀着那么可耻的自尊？如果可能，我真愿再遇见他一次，但谁又知道他在哪里呢？

我们并非永远都有行善的机会——如果我们一度错过。

那陌生人的脸于我是永远不可弥补的遗憾。

对于代数中的行列式，我是一点也记不清了。倒是记得那细瘦矮小貌不惊人的代数老师。

那年七月，当我们赶到联考考场的时候，只觉整个人生都摇晃起来，无忧的岁月至此便渺茫了，谁能预测自己在考场后的人生？

想不到的是代数老师也在那里，他那苍白而没有表情的脸竟会奔波过两个城市而在考场上出现，是颇令人感到意外的。

接着，他蹲在泥地上，捡了一块碎石子，为特别愚鲁的我讲起行列式来。我焦急地听着，似乎从来未曾那么心领神会过。泥土的大地可以成为那么美好的纸张，尖锐的利石可以成为那么流丽的彩笔——我第一次懂得，他使我在书本上的朱注之外了解了所谓“君子谋道”的精神。

那天，很不幸的，行列式没有考，而那以后，我再没有碰过代数书，我的最后一节代数课竟是蹲在泥地上上的。我整个的中学教育也是在那无墙无顶的课室里结束的，事隔十多年，才忽然咀嚼出那意义有多美。

代数老师姓什么？我竟不记得了，我能记得国文老师所填的许多小词，却记不住代数老师的名字，心里总有点内疚。如果我去母校查一下，应该不甚困难，但总觉得那是不必要的，他比许多我记得住姓名的人不是更有价值吗？

同巷人

巷子口住个老人，也许不怎么老，弄不清楚。二十多年前我初来的时候他就是那张脸，现在好像也没有添风加霜。但二十多年前我为什么就认定他老呢？大概因为他长着两道又长又白的眉毛吧。也许也不是，也许是因为那时候我才二十几岁，只要看到四十岁的人，全都“一视同仁”，归为老类。

我跟他从来也没打过招呼，倒是起过一场小冲突。那天我停车，停在他家墙外，他出来干涉。下面便是我们的对话实录：

“你不可以停这里。”

“为什么？”

“因为我们家有车要来。”

“你认为这个位子是你家的吗？”

“不是。”

“不是你的，为什么不准我停呢？”

“你停这里，那我家的车要停哪里？”

“可是，这是你家的停车位吗？”

“不是。”

“不是你的，为什么我不可以停？”

“你停这里，那我家的车要停哪里？”

这番对话反反复复说了大约七八次，我简直恐慌起来，唐代诗人形容爱情，曾写下这样缠绵悱恻的句子：

“天长地久有时尽，此恨绵绵无绝期。”

其实，那是胡说，天地都没有了，人也化烟化尘了，“恨”，哪里还能找得到它依附着身的所在呢？

其实说起来，数学才比较可怕，因为数学是“真理中的真理”。就算太阳熄了，月亮老了，银河干了，1+1=2的道理是不能改的。而且，227也是永远除不完的，循环小数的可怕可畏便在这里。真的，“天长地久有时尽，此‘数’绵绵无绝期”。我跟那老人的对话，其可怕之处便在于是个生生不息的循环小数，可以永世永劫、地老天荒地演绎下去。

其实，我当时完全知道该怎么做，我应该悍然把车停妥，然后砰一声关上门，斩钉截铁地对他说：

“你家的车要停到哪里？我管你去死！你大爷自家有停车位，你就去神气！你没停车位，你就大街小巷慢慢找去吧，关我何事？这位子先到先停，我停定了！”

无奈我可恨的教养又使我嗫嗫嚅嚅不能出口骂一个老人，想好好沟通又立刻陷入对方可怕的逻辑里。算了，我认栽，我走，我不是怕他，我怕循环小数，我怕地老天荒。

这事就这样过去了，岁月悠悠，一年后，我看到他家门口贴出“严制”的白纸条。谁死了？大概就是他吧。而人死了，门口不免搭起棚子，吹吹打打，于是巷头巷尾又被丧家拦起，车子又不能停了。

我终于明白，都市邻居，二三十年混下来，其实也只讲得上一两次话罢了。而这所谓的一两次，居然还包括争吵。

好在一年前的那一次，我没有跟他扯破脸，人生苦短，宇宙浩渺，“让他一（车）位又何妨”。也许那天他远方的儿子或女儿来看他，他才紧张兮兮地预留车位吧。

绕过丧棚，我把车子停到隔壁巷子去。法事正锣鼓喧天，师公踢翻小火炉，只见满地红炭乱滚，在夜色中闪着诡异的微光。炉上炖着的药罐子也当啷一声，砸得粉碎。据说，如此便意味着和药罐终于告别了，从此得大自在之躯。

天色愈来愈黑，冥纸轰然的焰光中，不知怎的，那张写着“严制”两字的白纸，竟微微泛起柔和的浅红色来，仿佛在办一场喜丧。

送你一个字

——给一个常在旅途上的女子

莹：

“行”是一个美丽的字，我想把它送给你，顺便也想戏称你一声“行者”。行者不免令人联想到孙悟空，不过，我要说的行者就只简单地指“行路之人”。

远在汉代，文字学家许慎在为文字分类的时候，就把汉字分成了五百四十个部首，其中有一个赫然便是“行”。换句话说，“行”是我们生活中的大项目，大到足以成为一个部首，就像水、火、土、鸟、田……都是大项目一般。那时代真好玩，仿佛在许慎的归纳下，老百姓全然在这五百四十个部首里活着，在这五百四十个项目下进行其生老病死。当然，至今我们要到字典里去“抓字”的时候，正规的抓法还是查部首。宇宙虽大，物象虽繁，却都乖乖各自待在它所从属的部首里，就算科学家新掏掘出了一些新玩意，一样可以收编为“铀”或“镭”或“氢”或“氧”……

但“行”不是被收编的，它是部首级的字，它有其完整自足的意义，它收编别人。

“行”是什么意思呢？

有趣的是，许慎虽比我们早生两千年，但他只懂小篆，旁及大篆，对那批早于汉代大约一千五百年的甲骨文他竟无缘得识。反而是我们二十世纪以后的后生小子，有幸隔着博物馆的玻璃，去亲眼见识到那些三千五百年前的骨片，更能在印刷精美的书页上把玩那遒劲的一笔一画。

“行”字在甲骨文时代是长成这个样子的：

这又是什么意思呢？

啊！简单地说，它就是十字路口。更有意思的是，这四条通衢大道全都没有收口。明摆着“一径入天涯”的迢遥途程。这和数学上的象限不同。象限是四个区块，四个区块其实仍然只是四个辖地。但“行”却是四个方向，它可南可北可东可西，它是大地之上成带状的无限可能。它又酷似十字架，但十字架是有封口的，十字架是古往今来的纵线加上左舒右展的横线，然后在其上钉下一具牺牲者的肉体。而“行”是释放了的十字架，供凡人如你我可以得其救赎，因而可以大踏步地去冲州撞府，可以去披星戴月，可以在重关复隩，在山不穷水不尽的后土上放牧自我。

以上是“行”的第一定义。

而“行”还有第二定义，下定义的是许慎，在他的《说文解字》里，行字成了“彳”和“亍”的结合。彳和亍可以解释作左脚和右脚的交互前行，也可以解释作“行”加上“止”的旅人轨迹——我比较喜欢后面这个定义。

相较之下，甲骨文时代的行是名词，是无限江山。而小篆中的行是动词，是千里行脚。两者都跟你有关，因为你是那健康自信美丽高挑的女子，你是穿阡越陌，在里巷中又行又止的人。好的旅行家，如你，是亦行亦止的，因为只有“行”，才能去到远方，只有“止”，才能凝神倾听，才能涣然了解，才能勃然动容，然后，才有琐细入微的记忆和娓娓道来的缕述。

很高兴你今又有远行，很佩服你一再出发。于我，因为方历大劫，一时尚在休养生息，但是倒也无妨于出入唐、宋，游走晋、魏，在历史中徜徉。所以，朋友啊，容许我小里小气，把刚才分明已经赠送给你的“行”字，也拿回来回赠给自己吧！

乌鲁木齐女孩

距离乌鲁木齐市大约一个半小时车程的地方，有个牧场，名叫南山。南山，这名字充满汉人意味，牧民却是哈萨克人。这地方青峰插天，溪涧淙淙，地上仿若铺了一层柔和的绿色羊皮。

然而，它却是个为观光客设计的地方，节目假假的，“姑娘追”一点也不好看，姑娘挥鞭打人的动作完全有名无实。我受不了，为了礼貌，只好坐在原地抬头看白云，多像欧洲啊！这奇异的蓝天。蓝天从来不假，不把自己当一条观光项目。

我们住进一间蒙古包，那包竟是水泥制的，里面有床，——这些，也是假假的。

我们去央一个妇人为我们煮些奶茶，还好，那奶茶，却有几分真意。

夜深，群星如沸，闹腾不止，那星，扎扎实实，是真的。

天亮了，我们去骑马，马是驯马，路也是柏油路，但山风是真的，阳光、树影、野水，都一一是真的。行至瀑布，返辔而回，春风得意马蹄疾，人生快意之事也只能如此而已吧？

跨下马来就准备要走了，路旁却瑟缩着一个小女孩正在跟我们同队的君儿聊天。大约八九岁吧！看得出来将来会是个美人。原来她是汉人，家住乌鲁木齐。在新疆，除了乌鲁木齐市市区，汉人都算“少数民族”。她现在正放着暑假，父亲来牧场做木工，她便跟来了。父亲一早上工去，便锁上屋子（奇怪，我想不出他有什么怕偷的东西），而小女孩不会说哈萨克话，不能跟当地小孩玩在一起，只好呆呆坐在树下。

“你喜欢骑马吗？”我加入谈话，陪她坐在树下。

“喜欢，可是我爸爸不让我骑！”

“啊！他怕你摔。”我说。

“不是的，他说十块钱太贵了。”

“去骑，去骑，我请客，你去玩嘛！”

“不要，”她十分懂事，“这十块钱，照我看，还不如买碗饭吃好呢！”

我一下惭愧万分，竟不敢再说什么，这么小的孩子，竟这么乖巧，简直叫人心疼。

阳光升得更高，美丽的观光牧场仍然美得近乎做作，唯这女孩是如此真实，那样安静自约的垂睫，那样认分知足的黑眸——我不知为什么想起汉墓中的妇人俑，那俑一般叫“长袍女俑”，高五十八公分，长安出土，她什么动作也没有，只是站着，只是收敛着，只是无求。她那样卑微，但因为不想祈求什么，所以也自有她的尊严。奇怪，这小小的女孩为什么有两千年前那妇人一般的详柔无怨?

而令我自己讶异的是我在那汉代妇人俑身上所没有能完全看懂的表情，如今借一个小女孩的脸全懂了。

“你们可以叫我娟儿。”她说。

我想她一定喜欢上美丽活蹦的君儿了，她的名字里刚好也有个“娟”字，她就自动地换一下，叫起自己“娟儿”来了。听起来，像君儿的妹妹。

分手的时候，居然彼此眼里都雾着一片泪光。

许士林的独白

驻马自听

我的马将十里杏花跑成一掠眼的红烟，娘！我回来了！

那尖塔戳得我的眼疼，娘，从小，每天，它嵌在我的窗里，我的梦里，我寂寞童年唯一的风景，娘。

而今，新科的状元，我，许士林，一骑白马、一身红袍来拜我的娘亲。

马踢起大路上的清尘，我的来处是一片雾，勒马蔓草间，一垂鞭，前尘往事，都到眼前。我不需有人讲给我听，只要溯着自己一身的血脉往前走，我总能遇见你，娘。

而今，我一身状元的红袍，有如十八年前，我是一个全身通红的赤子，娘，有谁能撕去这袭红袍，重还我为赤子？有谁能抟我为无知的泥，重回你的无垠无限？

都说你是蛇，我不知道，而我总坚持我记得十月的相依，我是小渚，在你初暖的春水里被环护，我抵死也要告诉他们，我记得你乳汁的微温。他们总说我只是梦见，他们总说我只是猜想，可是，娘，我知道我是知道的，我知道你的血是温的，泪是烫的，我知道你的名字是“母亲”。

而万古乾坤，百年身世，我们母子就那样缘薄吗？才甫一月，他们就把你带走了。有母亲的孩子可聆母亲的音容，没母亲的孩子可依向母亲的坟头，而我呢，娘，我向何处破解恶狠的符咒？

有人将中国分成江南江北，有人把领域划成关内关外，但对我而言，娘，这世界被截成塔底和塔上。塔底是千年万世的黝黑混沌，塔外是荒凉的日光，无奈的春花和忍情的秋月……

塔在前，往事在后，我将前去祭拜，但，娘，此刻我徘徊伫立，十八年，我重溯断了的脐带，一路向你泅去，春阳暖暖，有一种令人没顶的怯懦，一种令人没顶的幸福。塔牢牢地楔死在地里，像以往一样牢，我不敢相信你驮着它有十八年之久，我不能相信，它会永永远远镇住你。

十八年不见，娘，你的脸会因长期的等待而萎缩干枯吗？有人说，你是美丽的，他们不说我也知道。

认　取

你的身世似乎大家约好了不让我知道，而我是知道的，当我在井旁看一个女子汲水，当我在河畔看一个女子浣衣，当我在偶然的一瞥间看见当窗绣花的女孩，或在灯下衲鞋的老妇，我的眼眶便乍然湿了。娘，我知道你正化身千亿，向我絮絮地说起你的形象。娘，我每日不见你，却又每日见你，在凡间女子的颦眉瞬目间，将你一一认取。

而你，娘，你在何处认取我呢？在塔的沉重上吗？在雷峰夕照的一线酡红间吗？在寒来暑往的大地腹腔的脉动里吗？

是不是，娘，你一直就认识我，你在我无形体时早已知道我，你从茫茫大化中拼我成形，你从冥漠空无处抟我成体。

而在峨眉山，在竞绿赛青的千岩万壑间，娘，是否我已在你的胸臆中。当你吐纳朝霞夕露之际，是否我已被你所预见？我在你曾仰视的霓虹中舒昂，我在你曾倚以沉思的树干内缓缓引升，我在花，我在叶，当春天第一声小草冒地而生并欢呼时，你听见我。在秋后零落断雁的哀鸣里，你分辨我，娘，我们必然从一开头就是彼此认识的。娘，真的，在你第一次对人世有所感有所激的刹那，我潜在你无限的喜悦里，而在你有所怨有所叹的时分，我藏在你的无限凄凉里，娘，我们必然是从一开头就彼此认识的，你能记忆吗？娘，我在你的眼，你的胸臆，你的血，你的柔和如春浆的四肢。

湖

娘，你来到西湖，从叠烟架翠的峨眉到软红十丈的人间，人间对你而言是非走一趟不可的吗？但里湖、外湖、苏堤、白堤，娘，竟没有一处可堪容你。千年修持，抵不了人间一字相传的血脉姓氏，为什么人类只许自己修仙修道，却不许万物修得人身跟自己平起平坐呢？娘，我一页一页地翻圣贤书，一个一个地去阅人的脸，所谓圣贤书无非要我们做人，但为什么真的人都不想做人呢？娘啊！阅遍了人和书，我只想长哭，娘啊，世间原来并没有人跟你一样痴心地想做人啊！岁岁年年，大雁在头顶的青天上反复指示“人”字是怎么写的，但是，娘，没有一个人在看，更没有一个人看懂了啊！

南屏晚钟，三潭印月，曲院风荷，文人笔下西湖是可以有无限题咏的。冷泉一径冷着，飞来峰似乎想飞到哪里去，西湖的游人万千，来了又去了，谁是坐对大好风物想到人间种种就感激欲泣的人呢，娘，除了你，又有谁呢？

雨

西湖上的雨就这样来了，在春天。

是不是从一开头你就知道和父亲注定不能天长日久做夫妻

呢？茫茫天地，你只死心塌地眷着伞下的那一刹那温情。湖色千顷，水波是冷的，光阴百代，时间是冷的，然而一把伞，一把紫竹为柄的八十四骨的油纸伞下，有人跟人的聚首，伞下有人世的芳馨，千年修持是一张没有记忆的空白，而伞下的片刻却足以传诵千年。娘，从峨眉到西湖，万里的风雨雷雹何尝在你意中，你所以眷眷于那把伞，只是爱与那把伞下的人同行，而你心悦那人，只是因为你爱人世，爱这个温柔绵缠的人世。

而人间聚散无常，娘，伞是聚，伞也是散，八十四支骨架，每一支都可能骨肉撕离。娘啊！也许一开头你就是都知道的，知道又怎样，上天下地，你都敢去较量，你不知道什么叫生死。你强扯一根天上的仙草而硬把人间的死亡扭成生命，金山寺一斗，胜利的究竟是谁呢，法海做了一场灵验的法事，而你，娘，你传下了一则喧腾人口的故事。人世的荒原里谁需要法事？我们要的是可以流传百世的故事，可以乳养生民的故事，可以辉耀童年的梦寐和老年的记忆的故事。

而终于，娘，绕着那一湖无情的寒碧，你来到断桥，斩断情缘的断桥。故事从一湖水开始，也向一湖水结束，娘，峨眉是再也回不去了。在断桥，一场惊天动地的婴啼，我们在彼此的眼泪中相逢，然后，分离。

合　钵

一只钵，将你罩住，小小的一片黑暗竟是你而今而后头上的苍穹。娘，我在噩梦中惊醒千回，在那份窒息中挣扎。都说雷峰塔会在凄美的夕照里趺坐，千年万世，只专为镇压一个女子的情痴，娘，镇得住吗？我是不信的。

世间男子总以为女子一片痴情是在他们身上，其实女子所爱的哪里是他们，女子所爱的岂不也是春天的湖山、山间的晴岚、岚中的万紫千红？女子所爱的是一切好气象、好情怀，是她自己一寸心头万顷清澈的爱意，是她自己也说不清道不尽的满腔柔情。像一朵菊花的“抱香枝头死”，一个女子紧紧怀抱的是她自己亮烈美丽的情操，而一只法海的钵能罩得住什么？娘，被收去的是那桩婚姻，收不去的是属于那婚姻中的恩怨牵挂，被镇住的是你的身体，不是你的着意飘散如暮春飞絮的深情。

——而即使身体，娘，他们也只能镇住少部分的你，而大部分的你却在我身上活着。是你的傲气塑成我的骨，是你的柔情流成我的血。当我呼吸，娘，我能感到属于你的肺纳，当我走路，我想到你在这世上的行迹。娘，法海始终没有料到，你仍在西湖，在千山万水间自在地观风望月并且读圣贤书，想天下事，与万千世人摩肩接踵——借一个你的骨血揉成的男孩，借你的儿子。

不管我曾怎样凄伤，但一想起这件事，我就要好好活着，不仅为争一口气，而是为赌一口气！娘，你会赢的，世世代代，你会在我和我的孩子身上活下去。

祭　塔

而娘，塔在前，往事在后，十八年乖隔，我来此只求一拜——人间的新科状元，头簪宫花，身着红袍，要把千般委屈，万种凄凉，都并作纳头一拜。

娘！

那豁然撕裂的是土地吗？

那倏然崩响的是暮云吗？

那颓然而倾斜的是雷峰塔吗？

那哽咽垂泣的是娘，你吗？

是你吗？娘，受孩儿这一拜吧！

你认识这一身通红吗？十八年前是红通通的赤子，而今是宫花红袍的新科状元许士林。我多想扯碎这一身红袍，如果我能重还为你当年怀中的赤子，可是，娘，能吗？

当我读人间的圣贤书，娘，当我援笔为文论人间事，我只想到，我是你的儿，满腔是温柔激荡的爱人世的痴情。而此刻，当我纳头而拜，我是我父之子，来将十八年的愧疚无奈并作惊天动地的一叩首。

且将我的额血留在塔前，作一朵长红的桃花：笑傲朝霞夕照，且将那崩然有声的头颅击打大地的声音化作永恒的暮鼓，留给法海听，留给一骇而倾的塔听。

人间永远有秦火焚不尽的诗书，法钵罩不住的柔情，娘，唯将今夕的一凝目，抵十八年数不尽的骨中的酸楚，血中的辣辛，娘！

终有一天雷峰会倒，终有一天尖耸的塔会化成飞散的泥尘，长存的是你对人间那一点执拗的痴！

当我驰马而去，当我在天涯地角，当我歌，当我哭，娘，我忽然明白，你无所不在地临视我、熟知我，我的每一举措于你仍是当年的胎动，扯你，牵你，令你惊喜错愕，令你隔着大地的腹部摸我，并且说："他正在动，他正在动，他要干什么呀？"

让塔骤然而动，娘，且受孩儿这一拜！

后记：许士林是故事中白素贞和许仙的儿子，大部分的叙述者都只把情节说到"合钵"为止，平剧中"祭塔"一段也并不经常演出，但我自己极喜欢这一段，我喜欢那种利剑斩不断、法钵罩不住的人间牵绊，本文试着细细表出许士林叩拜囚在塔中的母亲的心情。

李贺和他家的外劳

李贺是中晚唐之际的诗人，是个连李商隐也佩服疼惜的鬼才。清朝的孙洙（蘅塘退士）是个正人君子，他大概不喜欢这位只活了二十七岁（用现在的算法是二十六岁），诗作也仅只二百首的怪诗人，所以他所选的《唐诗三百首》里对李贺就不闻不问，仿佛世间没有此号人物，李贺竟一首也没入选（照我看，至少该选他五首）。不过《唐诗三百首》算什么？李贺才是自足千古的才人。只可惜《唐诗三百首》太流行，一般人竟不知另有《全唐诗》（包括二千二百作者，四万八千首作品，康熙年间编的），也不知李贺其人。

李贺的诗，文字艳魅诡异，思路飘忽险怪，令人一读难忘。他的句子如“东关酸风射眸子”，用现在的话说，真是十分“感觉派”，对六十年代的台湾文学不无影响。至于像下面的段落，年轻时读来竟每每要流泪：

飞光，飞光，劝尔一杯酒。

吾不识青天高，黄地厚。

唯见月寒日暖，来煎人寿。

最近忽然很想找他的《南园十三首》来读，南，是阳光的方向，他在南园中也不免有了几分田园诗人的情操，看来可爱正常多了。十三首里我最喜欢第三首的二句如下：

桃胶迎夏香琥珀，

自课越佣能种瓜。

但“桃胶”又是什么呢？

原来桃树在春天，树的体液流布最旺炽的时候，你去砍一下桃树，就会有树汁流出，树汁凝结，就会变成一块半透明的固体，这固体就叫桃胶，既像松脂，又像琥珀，也可作药用。

至于下面那一句就更好玩了，原来在唐朝，李贺家就已经用了“外劳”了。当然啦，“越”字有点难解，越，近而言之，可以是浙江绍兴一带，远而言之，也可以是江西、福建或广东、广西、贵州，总之那一带统称“百越之人”。至于今日之“越南”，那已是“比百越更南”之处，类同于《海角七号》中唱的《国境之南》——的更南方。

“越佣”不完全等于“外劳”，“越佣”约略等于“边劳”

（应该说从政治版图看，是边劳，从族群意识说，是外劳）。看来这位越佣有点傻愣，要靠李贺的补习和调教，渐渐变得有点能干起来，终于有了农业技术，知道怎样种瓜了。

李贺生平最出名的画面，便是李商隐所记的：

背后跟着一个小奴，身上背着一个破旧的古锦囊，行行止止，把瞬间灵感记录下来，投在囊里。黄昏回家，居然一大堆，李妈妈不禁心痛，知道这孩子将来要心肝呕尽。

这故事里也有一个小奴，这个小奴很有可能就是那个“越佣”，古人士大夫常有佣人，但佣人也分等级，有钱有势的人用的是“健仆”，没钱没势的用的是小童。李贺是后者，大概用不起两名佣人，所以这位从远方来就业的孩子大概既得是“创作助理”，陪主人一起寻找灵感，又得是“农业技士”，学着种出瓜来。好在李贺家穷（虽然出身贵族），穷到只剩“一亩蒿硗田”，农作物也种不了许多，应该不致太累。

唉，一样读诗，我怎么就没去写论文，反而一直忘不了那位“越佣”。李贺既称他为“越佣”，我猜，他的“越”成分大概十分明显。他可能是广西人吗，他可能是壮族或侗族吗？或者是福建的畲族？汉人自大，一向不太想弄清楚别族的体系，管你什么外国，一概是洋人，管你什么苗傜，一概是蛮夷。管你什么越，一概是“百越”。

李贺早岁丧父，所以他除了做诗人，也是要撑持家计的，李贺的诗集身后问世，为他写序的杜牧真该为他赘上一句卷头语：

此诗集之得问世，须感谢李家越佣之分忧解劳。

游记

散文精读·张晓风 >>

愁乡石

到“鹅库玛”度假去的那一天，海水蓝得很特别。

每次看到海，总有一种瘫痪的感觉，尤其是看到这种碧入波心的，急速涨潮的海。这种向正前方望去直对着上海的海。

“只有四百五十海里。”他们说。

我不知道四百五十海里有多远，也许比银河还迢遥吧！每次想到上海，总觉得像历史上的镐京或是洛邑那么幽渺，那样让人牵起一种又凄凉又悲怆的心境。我们面海而立，在浪花与浪花之间追想多柳的长安与多荷的金陵，我的乡愁遂变得又剧烈又模糊。

可惜那一片江山，每年春来时，全交付给了千林鶗鴂。

明孝陵的松涛在海浪中来回穿梭，那种声音、那种色泽，恍惚间竟有那么相像。记忆里那一片乱映的苍绿已经好虚幻好缥缈了，但不知为什么，老忍不住要用一种固执的热情去思念它。

有两三个人影徘徊在柔软的沙滩上，捡着五彩的贝壳。那些炫人的小东西像繁花一样地开在白沙滩上，给发现的人一种难言的惊喜。而我站在那里，无法让悲激的心怀去适应一地的色彩。

蓦然间，沁凉的浪打在我的脚上，我没有料到那一下冲撞竟有那么裂人心魄。想着海水所来的方向，想着上海某一个不知名的滩头，我便有一种号哭的冲动。而哪里是我们可以恸哭的秦廷？哪里是申包胥可以流七日泪水的地方？此处是异国，异国寂凉的海滩。

他们叫这一片海为中国海，世上再没有另一个海有这样美丽沉郁的名字了。小时候曾经多么神往于爱琴海，多么迷醉于想象中那抹灿烂的晚霞，而现在，在这个无奈的多风的下午，我只剩下一个爱情，爱我自己国家的名字，爱这个蓝得近乎哀愁的中国海。

而一个中国人站在中国海的沙滩上遥望中国，这是一个怎样咸涩的下午！

遂想起那些在金门的日子，想起在马山看对岸的角屿，在湖井头看对岸的何厝。望着那一带山峦，望着那曾使东方人骄傲了几千年的故土，心灵便脆薄得不堪一声海涛。那时候忍不住想到自己为什么不是一只候鸟，犹记得在每个江南草长的春天回到旧日的梁前，又恨自己不是鱼，可以绕着故国的沙滩岩岸而流泪。

海水在远处澎湃，海水在近处澎湃，海水徒然地冲刷着这个古老民族的羞耻。

我木然地坐在许多石块之间，那些灰色的，轮流着被海水和阳光煎熬的小圆石。

那些岛上的人很幸福地过着他们的日子，他们在历史上从来不曾辉煌过，所以他们不必痛心。他们没有骄傲过，所以无须悲哀。他们那样坦然地说着日本话，给小孩子起日本名字，在学校的旗杆上竖着别人的太阳旗，他们那样怡然地顶着东西、唱着歌，走在美国人为他们铺的柏油路上。

他们有他们的快乐。那种快乐是我们永远不会也不屑有的。我们所有的只是超载的乡愁，只是世家子弟的那份茕独。

海浪冲逼而来，在阳光下亮着残忍的光芒。海雨天风，不放过旅人的悲思。我们向哪里去躲避？我们向哪里去遗忘？

小圆石在不绝的浪涛中颠簸着，灰白的色调让人想起流浪者的霜鬓。我捡了几个，握在手心里，我的臂膀遂因而沉重。

忽然间，就那样不可避免地忆起了雨花台，忆起那闪亮了我整个童年的璀璨景象。那时候，那些彩色的小石曾怎样地令我迷惑。有阳光的假日，满山的捡石者挑剔地品评着每一块小石子。那段日子为什么那么短呢？那时候我们为什么不能预见自己的命运？在去国离乡的岁月里，我们的箱箧里没有一撮故国的泥土。更不能想象一块雨花台石子的奢侈了。

灰色的小圆石一共是七块，它们停留在海滩上想必已经很久了，每一次海浪的冲撞便使它们更浑圆一些。

雕琢它们的是中国海的浪头，是来自上海的潮汐，日日夜夜，它们听着遥远的消息。

把七块小石转动着，它们便发出朗然的声音，那声音里有着一种神秘的回响，呢喃着这个世纪最大的悲剧。

“你捡的就是这个？”

游伴们从远远近近的沙滩上走了回来，展示着他们色彩缤纷的贝壳。

而我什么也没有，除了那七颗黯淡的灰色石子。

“可是，我爱它们。”我独自走开去，把那七颗小石压在胸口上，直压到我疼痛得淌出眼泪来。在流浪的岁月里我们一无所有，而今，我却有了它们。我们的命运多少有些类似，我们都生活在岛上，都曾日夜凝望着一个方向。

“愁乡石！”我说，我知道这必是它的名字，它绝不会再有其他的名字。

我慢慢地走回去，鹈库玛的海水在我背后蓝得叫人崩溃，我一步一步艰难地摆脱它。而手绢里的愁乡石响着，响久违的乡音。

无端的，无端的，又想起姜白石，想起他的那首《八归》。

最可惜那一片江山，每年春来时，全交付给了千林䴗鴂。

愁乡石响着，响一片久违的乡音。

后记：鹈库玛系冲绳岛极北端之海滩，多有异石悲风。西人设基督教华语电台于斯，以其面对上海及广大的内陆地域。余今秋曾往一游，去国十八年。虽望乡亦情怯矣。是日徘徊低吟，黯然久之。

正在发生

去菲律宾玩，游到某处，大家在草坪上坐下，有侍者来问，要不要喝椰汁，我说要。只见侍者忽然化身成猴爬上树去，他身手矫健，不到二分钟，他已把现摘的椰子放在我面前，洞已凿好，吸管也已插好，我目瞪口呆。

其实，我当然知道所有的椰子都是摘下来的，但当着我的面摘下的感觉就是不一样。以文体作比喻，前者像读一篇“神话传说”，后者却是当着观众一幕幕敷演的舞台剧，前因后果，历历分明。

又有一次，在旧金山，喻丽清带我去码头玩，中午进一家餐厅，点了鱼——然后我就看到白衣侍者跑到庭院里去，在一棵矮树上摘柠檬，过不久，鱼端来，上面果真有四分之一块柠檬。

“这柠檬，就是你刚才在院子里摘的吗?”我问。

“是呀!”

我不胜钦慕，原来他们的调味品就长在院子里的树上。

还有一次，宿在恒春农家。清晨起来，槟榔花香得令人心神恍惚。主人为我们做了“菜脯蛋”配稀饭，极美味，三口就吃完了。主人说再炒一盘，我这才发现他是跑到鹅舍草堆里去摸蛋的，不幸被母鹅发现，母鹅气红了脸，叽嘎大叫，主人落荒而逃。第二盘蛋便在这有声有色的场景配乐中上了菜，我这才了解那蛋何以那么鲜香腴厚。而母鹅訾骂不绝，掀天翻地，我终于恍然大悟，原来每一枚蛋的来历都如希腊神话中普罗米修斯盗天火，又如《白蛇传》故事中的《盗仙草》，都是一种非分。我因妄得这非分之惠而感念谢恩——这些，都是十年前的事了。今晨，微雨的窗前，坐忆旧事，心中仍充满愧疚和深谢，对那只鹅。一只蛋，对她而言原是传宗接代存亡续绝的大事业啊！

丈夫很少去菜场，大约一年一两次，有一次要他去补充点小东西，他却该买的不买，反买了一大包鱼丸回来，诘问他，他说：

“他们正在做哪！刚做好的鱼丸哪！我亲眼看见他在做的呀——所以就买了。”

用同样的理由，他在澳洲买了昂贵的羊毛衣，他的说辞是：

“他们当我面纺羊毛，打羊毛衣，当然就忍不住买了！”

因为看见，因为整个事件发生在我面前，因为是第一手经验，我们便感动。

但愿我们的城市也充满“正在发生”的律动，例如一棵你看着它长大的市树，一片逐渐成了气候的街头剧场，一股慢慢成形的政治清流，无论什么事，亲自参与了它的发生过程总是动人的。

到山中去

德：

从山里回来已经两天了，但不知怎的，总觉得满身仍有拂不掉的山之气息。行坐之间，恍惚以为自己就是山上的一块石头，溪边的一棵树。见到人，再也想不起什么客套辞令，只是痴痴傻傻地重复着一句话：“你到山里头去过吗？”

那天你不能去，真是很可惜的。你那么忙，我向来不敢用不急之务打扰你。但这次我忍不住要写信给你。德，人不到山里去，不到水里去，那真是活得冤枉。

说起来也够惭愧了。在外双溪住了五年多，从来就不知道内双溪是什么样子。春天里每沿着公路走个半钟点，看到山径曲折，野花漫开，就自以为到了内双溪。直到前些天，有朋友到那边漫游归来，我才知道原来山的那边还有山。

平常因为学校在山脚下，宿舍在山腰上，推开窗子，满眼都是起伏的青峦，衬着窗框，俨然就是一卷横幅山水，所以逢到朋友们邀我出游，我总是推辞。有时还爱和人抬杠道：“何必呢？余胸中自有丘壑。”而这次，我是太累了，太倦了，也太厌了，一种说不出的情绪鼓动着我，告诉我在山那边有一种神秘的力量，我于是换了一身绿色轻装，登上一双绿色软鞋，掷开终年不离手的红笔，跨上一辆跑车，和朋友们相偕而去。——我一向喜欢绿色，你是知道的，但那天特别喜欢，似乎是觉得那颜色让我更接近自然，更融入自然。

德，人间有许多真理，实在是讲不清的。譬如说吧，山山都有石头，都有树木，都有溪流。但，它们是不同的，就像我们人和人不同一样。这些年来，在山这边住了这么久，每天看朝云，看晚霞，看晴阴变化，自以为很了解山了，及至到了山那边，才发现那又是另一种气象，另一种意境。其实，严格地说，常被人践踏观赏的山已经算不得什么山了。如果不幸成为名山，被些无聊的人盖了些亭阁楼台，题了些诗文字画，甚至起了观光旅社，那不但不成其为山，也不能成其为地了。德，你懂我了吗？内双溪一切的优美，全在那一片未凿的天真，让你想到，它现在的形貌和伊甸园时代是完全一样的。我真愿作那样一座山，那样沉郁，那样古朴，那样深邃。德，你愿意吗？

我真希望你看到我，碰见我的人都说我那天快活极了，我怎能不快活呢？我想起前些年，戴唱给我们听的一首英文歌，那歌词说：“我的父亲极其富有，全世界在他权下，我是他的孩子——我掌管平原山野。”德，这真是最快乐的事了——我统管一切的美。德，我真说不出，真说不出。我几乎感觉痛苦了——我无法表达我所感受的。我们照了好些相片，以后我会拿给你看，你就可以明白了。唉，其实照片又何尝照得出所以然来，暗箱里容得下风声水响吗？镜头中摄得出草气花香吗？爱默生说，大自然是一件从来没有被描写过的事物。可是，那又怎能算是人们的过失？用人的思想去比配上帝的思想，用人工去摹拟天工，那岂不是近乎荒谬的吗？

这些日子，应该已是初冬了，那宁静温和的早晨，淡淡地像溶液般四面包围着我们的阳光，只让人想到最柔美的春天。我们的车沿着山路而上，洪水在我们的右方奔腾着，森然的乱石垒叠着。我从来没有见过这样急湍的流水和这样巨大的石块。而芒草又一大片一大片地杂生在小径旁。人行到此，只见渊中的水声澎湃，雪白的浪花绽开在黑色的岩石上。那种苍凉的古意四面袭来，心中便无缘无故地伤乱起来。回头看游伴，他们也都怔住了。我真了解什么叫“摄人心魄”了。

“是不是人类看到这种景致，”我悄声问茅，“就会想到自杀呢?”

“是吧，可是不叫自杀——我也说不出来。有一年，我站在长城上，四野苍茫，心头就不知怎的乱撞起来，那时只有一个想法，就是跳下去。”

我无语痴立，一种无形的悲凉在胸臆间上下摇晃。漫野芒草凄然地白着，水声低昂而怆绝。而山溪却依然急窜着。啊，逝者如斯，如斯逝者，为什么它不能稍一回顾呢？

扶车再行，两侧全是壁立的山峰，那样秀拔的气象似乎只能在前人的山水画中一见。远远地有人在山上敲着石块，那单调无变化的金石声传来，令我怵然以惊。有人告诉我，他们是要开一段梯田。我望着那些人，他们究竟知不知道外面的世界呢？当我们快被紧张和忙碌扼死的时候，当宽坦的街市上竖立着被速度造成的伤亡牌，为什么他们独有那样悠闲的岁月，用最原始的凿子，在无人的山间，敲打出迟缓的时钟？他们似乎也望了望这边，那么，究竟是他们羡慕我们，还是我们羡慕他们呢？

峰回路转，坡度更陡了，推车而上，十分吃力，行到水源地，把车子寄放在一家人门前，继续前行。阳光更浓了，山景益发清晰，一切气味也都被蒸发出来。稻香扑人，真有点醺然欲醉的味道。这时候，只恨自己未能着一身宽袍，好兜两袖素馨回去。路旁更有许多叫得出来和叫不出来的野花，也都晒干了一身的露水，抬起头来了。在别人看得见和看不见的山径上挥散着它们的美。

渐渐地，我们更接近终点，我向几个在禾场上游戏的孩子问路，立刻有一个浓眉大眼的男孩挺身而出。我想问他瀑布在什么地方，却又不知道台湾话要怎么表达。那孩子用狡黠的眼光望了望我。“水墙，是吗？我带你去。”啊，德，好美的名词，水墙。我把这名词翻译出来，大家都赞叹了一遍。那孩子在前面走着，我们很困难地跟着他跑，又跟着他步过小河。他停下来，望望我们，一面指着路边的野花蓓蕾对我们说：“还没开，要是开了，你真不知有多漂亮。”我点头承认——我相信，山中一切的美都超过想象。德，你信吗？我又和那孩子谈了几句话，知道他已是小学五年级了。“你毕业后要升初中吗？”他回过头来，把正在嚼着的草根往路旁一扔，大眼中流露出一种不屑的神情：“不！”德，你真不知道，当时我有多羞愧。只自觉以往所看的一切书本、一切笔记、一切讲义，都在他的那声“不”中被否认了。德，我们读书干什么呢？究竟干什么呢？我们多少时候连生活是什么都忘了呢！

我们终于到了“水墙”了。德，那一霎真是想哭，那种兴奋，是我没有经历过的。人真该到田园中去，因为我们的老祖宗原是从那里被放逐的！啊，德，如果你看到那样宽、那样长、那样壮观的瀑布，你真是什么也不想了，我那天就是那样站着，只觉得要大声唱几句，震撼一下那已经震撼了我的山谷。我想起一首我们都极喜欢的黑人歌：“我的财产放置在一个地方，一个地方，远远地在青天之上。”德，真的，直到那天我才忽然憬悟到，我有那样多的美好的产业。像清风明月，像山松野草。我要把它们寄放在溪谷内，我要把它们珍藏在云层上，我要把它们怀抱在深心中。

德，即使当时你胸中折叠着一千丈的愁烦，及至你站在瀑布面前，也会一泻而尽了。甚至你会觉得惊奇，何以你常常会被一句话骚扰，何以常常因一个眼色而气愤。德，这一切都是多余的，都是不必要的。你会感到压在你肩上的重担卸下去了，蒙在你眼睛上的鳞片也脱落了。那时候，如果还有什么欲望的话，只是想把水面的落叶聚拢来，编成一个小筏子，让自己躺在上面，浮槎放海而去。

那时候，德，你真不知我们变得有多疯狂。我和达赤着足在石块与石块之间跳跃着。偶尔苔滑，跌在水里，把裙边全弄湿了，那真叫淋漓尽兴呢！山风把我们的头发梳成一种脱俗的型式，我们不禁相望大笑。哎，德，那种快乐真是说不出来——如果说得出来也没有人肯信。

瀑布很急，其色如霜。人立在丈外，仍能感觉到细细的水珠不断溅来。我们捡了些树枝，燃起一堆火，就在上头烤起肉来。又接了一锅飞泉来烹茶。在那阴湿的山谷中，我们享受着原始人的乐趣。火光照着我们因兴奋而发红的脸，照着焦黄喷香的烤肉，照着吱吱作响的清茗。德，那时候，你会觉得连你的心也是热的、亮的、跳跃的。

我们沿着原路回来，山中那样容易黑，我们只得摸索而行了，冷冷的急流在我们足下响着，真有几分惊险呢！我忽然想起“世道艰难，有甚于此者”。自己也不晓得这句话是从书本上看来的，还是平日的感触。唉，德，为什么我们不生作樵夫渔父呢？为什么我们都只能作暂游的武陵人呢？

寻到大路，已是繁星满天了，稀疏的灯光几乎和远星不辨。行囊很轻，吃的已经吃下去了，而带去看的书报也在匆忙中拿去做了火引子。事后想想，也觉好笑，这岂是斯文人做的事吗？但是，德，这恐怕也是一定的，人总要疯狂一下、荒唐一下、矫时干俗一下，是不是呢？路上，达一直哼着《苏三起解》，茅喊他的秦腔，而我，依然唱着那首黑人名歌："我的财产放置在一个地方，一个地方，远远地在青天之上……"

找到寄车处，主人留我们喝一杯茶。

"住在这里怎样买菜呢？"我问他们。

"不用买，我们自己种了一畦。"

"肉呢？"

"这附近有几家人，每天由出租车带上一大块也就够了。"

"不常下山玩吧？"

"很少，住在这里，亲戚都疏远了。"

不管怎样，德，我羡慕着那样一种生活，我们人是泥作的，不是吗？我们的脚总不能永远踏在柏油路上、水泥道上和磨石子地上——我们得踏在真真实实的土壤上。

山岚照人，风声如涛。我们只得告辞了。顺路而下，不费一点脚力，车子便滑行起来。所谓列子御风，大概也只是这样一种意境吧？

那天，我真是极困乏而又极有精神，极混沌而又极能深思。你能想象我那夜的晚祷吗？德，从大自然中归来，要坚持无神论是难的。我说："父啊，让我知道，你充满万有。让我知道，你在山中，你在水中，你在风中，你在云中。容许我的心在每一个角落向你下拜。当我年轻的时候，教我探索你的美。当我年老的时候，教我咀嚼你的美。终我一生，教我常常举目望山，好让我在困厄之中，时时支取到从你而来的力量。”

德，你愿意附和我吗？今天又是个晴天呢！风声在云外呼唤着，远山也在送青了。德，拨开你一桌的资料卡，拭净你尘封的眼镜片，让我们到山中去。

西湖十景

如果有幸到杭州的西湖去玩，如果有幸，站在一个视野最好的角度，请问，你能不能放眼望去，把西湖十景都收到眼底呢?

答案是:“不能!”

为什么?

世上没有一个景致可以在一刹那间得到它全部精华。请问，你怎么可能同时看到“平湖秋月”和“苏堤春晓”呢?那至少需要用掉一个清凉美丽的春天早上，和一个幽静深远的秋天夜晚，才能欣赏到的。至于“柳浪闻莺”和“断桥残雪”在时间上也是绝对不可能同时得兼的景致。“雷峰夕照”和“三潭印月”时间上虽然相距不远，但毕竟一个在黄昏一个在夜晚。“南屏晚钟”要最安静的慧心才能听到，“曲院风荷”要有风的时候才能领略。像西湖这种天地钟灵的地方，哪里只是随随便便就可以一眼看穿的?

你要怎样才能索探到比较完整的西湖的美呢?答案是，

时间。

不管你多么有钱，不管可以坐怎样的交通工具，不管你身后跟着多少侍从，你仍然没有办法在欣赏“平湖秋月”的同时看到“断桥残雪”。

西洋人有一句谚语说：

“即使上帝，也不能在三个月里造出一株百年橡树。”

更确切一点说，恐怕是上帝不喜欢一株速成的百年橡树，连上帝也喜欢按部就班地用百年的岁月来完成一棵百年橡树呢！

戈壁行脚

大漠，即大沙漠，蒙古语曰额伦，满洲语曰戈壁，广漠无垠，浩瀚如海，古亦称为瀚海。

——《中文大辞典》

1

“你说，我们是不是疯了？”慕蓉转脸问我，当时车窗外约五百公尺的地方正跑过一群蒙古黄羊，蹄子上仿佛一一长了翅膀，飞快，“顶着这七月中旬正午的大太阳，我们居然跑到这南戈壁的碎石滩上来。”

“对，我们是疯了！”我回答她，眼睛仍不离那上百只的野生黄羊。据说他们有四十万头。

“在蒙古草原旅行看到黄羊，是表示幸运！”有人向我们解释。

“可是，”有人抗议，“刚才一大早看到两只灰鹤的时候，你不是也这么说的吗？请问有没有什么动物看到了是不顺的？”

解说的人一时语塞，不知怎么接话——我很想替他回答：在蒙古，只要碰见的不是老虎、熊、豹、蛇那些会伤人的动物就都是幸运的。这块土地比台湾大五十倍，人口却只有我们的十分之一，尤其在南戈壁，车行五六小时却不见一人并不稀奇。因此，如果碰到驯良的生物，应该都叫幸运。

黄羊屁股上一圈白，很像小鹿。我起先看它们飞奔，以为它们在躲避汽车。后来看它们跑过了汽车还一直跑个不停，才觉得它们是有点起哄好玩的意思，也许它们正在争相传告：

“今天一定幸运，因为碰上了一辆汽车。”

那批黄羊大概也疯了——乐疯了。

2

“一川碎石大如斗”，唐人的诗是这样说的。

以前总以为诗人夸张，此刻站在碎石滩上，才知道，事情其实是可能的。此地的碎石仅仅“大如拳”，也许是经过一千二百年的风霜雨露，它们纷纷解体了吧？

这样的碎石滩邈远孤绝，四顾茫然若失，人往大地上一站，只觉自己也成了满地碎石里的一块，凝固、硬挺，在干和热里不断消减成高密度的物质。

沙海终于到了。

我会溺死——若我在亿载之前来。方其时也，这里正是海底，珊瑚正在敷彩，年轻的三叶虫正在轻轻试划自己的肢体。而我会溺死于那片黛蓝，若我来，在亿载之前。

而此刻，在同一坐标，我会干涸而死。若我再枯晒一天。背包里只有一瓶水、一包杏脯和几片饼干。只要我在此站上一天，我就会永远站在这旦了。

沙上冷不防会冒出一二具动物的尸体，不知怎么死的？是因为老病或负伤？是由于殴斗或饥饿？看来他们都一样了，安静的侧卧着，和黄沙同色—— 一半已埋在沙下，只等待下一场风暴把他们掩埋得更深更不落形迹。

生活过，奔驰过，四顾茫然过，在偶雨时欢欣若狂过——这就是那具骆驼或那具马尸的一生吧？不，这就是一切有情有识的生物的一生吧？

死亡从四面八方虎视眈眈地逼视着这片土地，逼视着我向大化借来的这微贱如蚁的生命——可是，就在这水滴下来都会嗤一声冒起白烟的沙海上，居然还长得出一丛丛卧在地上的小灌木。灌木上还结着小浆果，浆果粒大如黄豆，揉开来是黏稠的汁液，令人迷惑不知所解。仿佛有什么魔法师用幻术养出了这批植物。

风吹来，在沙海，我在沙纹间重绘亿万年前波浪的线条，在风声中复习亿万年前涛声的节拍。望着自己明日即会消失的脚迹，感到这卑微的生存和巨大无常间不成比例的抗衡。

沙海上有一块刺猬的皮，C把它捡起来——那小动物的身体已不知何处去了，却只在一丛小灌木前留下那片芒刺戟张的皮。肉体已经销蚀尽了。那护卫着柔弱肉体的尖锐芒刺却空自糊里糊涂地继续执行任务。如出鞘之剑，森森寒芒，不知要向何方劈刺。

我原以为C捡拾那片刺猬皮是随捡随丢的，却不料他竟拎回去了。我很愕然，呆呆瞪着那密密麻麻的刺，觉得有什么东西穿心而过。

3

我们躺在临时搭成的蒙古包里。那时，已近午夜二点。

包有一个拱顶，圆圆的，像罗马城的“万神祠”大教堂。那教堂的圆顶大剌剌地开着个大洞，伸手就可以擒来云之白与天之蓝，连飞鸟与天风也是招之即来，挥之即去。那万神祠对我而言远比圣彼得大教堂华美庄严。

而这蒙古包的顶也有一半是开向天空的。

尘沙上有一张薄褥，我就躺在那上面。仰头看天，天上有几粒星，刚好从那半圆形的天窗洒下，因为洞小，容不得满天星斗，但也因为只有那几粒，仿佛分外暗含无穷天机。

如果我能再多清醒一会，我就会看到小洞里的星光如何移位。我就能看到时光诡秘的行踪。然而，我睡去了，我无法偷窥一部时光的演义——反而，在暴露的半圆小穴里，我容整张大漠的天空俯视着我的睡容，且让每一颗经过的星星在窥视时轻轻传呼着："看啊，那女子和我们一样，她正一个时辰一个时辰地老去。一如我们，有一天一觉醒来，我们都将烟消云散，恰如那一夜拔营的蒙古包，不留一丝痕迹。"

我睡去，在不知名的大漠上，在不知名的朋友为我们搭成的蒙古包里。在一日急驰，累得倒地即可睡去的时刻。我睡去，无异于一只羊，一匹马，一头骆驼，一株草。我睡去，没有角色，没有头衔，没有爱憎，只是某种简单的沙漠生物，一时尚未命名。我沉沉睡云。

4

"这是阿尔泰山。"她简单地说。

"阿尔泰山。"我简单地重复。

好像没有什么可说的，对，这就是阿尔泰山天山的北支。李白的诗啊！明月出天山，苍茫云海间。它当然是，它一直就在那里，它一直就是。

我读过它的名字，在小学的教科书里，对我来说，它和"地球是圆的""1+1=2"都属于童年时代牢不可破的真理的一部分。此时见它，只觉是地理书页里少掉的一页插图，现在又补上了，一切是如此顺理成章。

而这插图却一直展现在车子的正前方，我要怎么办呢？它如此美丽、安然而又不动声色。你的眼睛无法移开，因为广大的荒漠中再没有什么其他的视线焦点了。其实它并不抢眼，像古代恐龙一列长长的背脊，而龙正低头吃草，不想惊人，也不想被惊。四野亦因而凝静如太古。

阿尔泰山。我不知该怎么办。

我若能挥鞭纵马，直攀峰头，我若能逐草而居，驱羊到溪涧中去痛饮甘泉，我若能手拨马头琴，讲述悠古的战史，我若能身披绫罗绸缎去卖给四方好颜色的女子……是的，我若是草原上的战士、牧人、行吟诗人或商贾，则阿尔泰山于我便如沙地的长枕，可以狎热亲昵。但我不是，我是必须离去的过客。

终于我们下了车，去走“约珥峡谷”。七月的山色如江南荷田，那绿色是上天一时的恩旨，所以格外矜贵。野花蔓开，使人不禁羡慕山径上的地鼠，它们把每个小山丘都钻满了洞穴，探头探脑，来看这一夏好景。

山沟的水慢悠悠地流过。

敖包立在路旁。是一堆碎石头叠成的一人高的小丘。

“经过敖包，骑者必须下马，行者必须崇足，顺时针方向绕一圈，然后前行。而且，不要忘了为敖包加一块石头。”

“蒙古人只记得他们是从大兴安岭上下来的，所以到了草原，他们还是想垒个小石堆来思念一下。敖包上方有时会插上许多根树枝，那是象征大兴安岭上的森林。”

原来，一个人在堆敖包的时候，他正肩负着整个民族的记忆！一只沙雁飞起，羽色如沙，倏忽间消失了。

一路行来，我一直问自己一个问题：“这块土地，究竟是属于谁的？”然而，此刻，我忽然明白，“不，土地不属人类，不要问它属于谁，该问‘谁属于它’，黄羊属它，灰鹤属它，沙雁属它，天鹰属它，地鼠属它，牧民属它，如果我爱它，我也属它……”

5

人在峡谷里走，左颊是山，右眉是山，两者仿佛立刻都要擦撞过来，不免惊心动魄。脚下又每是野花，走起路来就有点蹦蹦跳跳的意味，怕踩坏了一路芳华。生命在极旺盛极茂美之际也每每正是最堪痛惜的时分。

想起昨天在戈壁博物馆里看一只“银龙笛”，笛子镶银，银子打造成龙的形状，但整个笛身却是由一根腿胫骨削成的。

“这是一根十八岁女子的腿胫骨。”解说员说。

“为什么单单要用十八岁女子的腿胫骨？”我问。

“因为，十八岁就死去的女子，腿胫骨的声音最好听。”那解说员回答得斩钉截铁。她是一个大眼睛的女子，她回答的时候并无“据闻”“听说”等缓冲词，仿佛那腿胫骨的声音是她亲耳所闻。

我把眼睛贴在博物馆凉凉的玻璃上，看那致密呈象牙色的骨管。十八岁女子的腿骨又如何呢？从科学上说，十八岁女子是不致骨质疏松的，但这一定不是真正的理由，真正的理由是——我走开去，一直想。

而此刻在七月的阿尔泰山山麓，在野花如毡的约珥山谷，我仍在想，那管属于十八岁女子银龙笛的音色。我想那声音中必然有清扬和呜咽，有委曲和畅直，有对生命的迟疑和试探，也有情不得已的割舍和留恋——是这一切令人想起十八岁的女子，是某个年代草原上某些牧人对某个女子骤然逝去深感不舍吧？他们于是着手把她装饰成一截永恒的回音。

峡谷如甬道，算不算一管箫笛呢？流泉淙淙，算不算“阳春白雪”之音呢？我行其间，算不算知音之人呢？

峡谷深处竟是幽幽玄冰，千年相积而不化，想此冰当年曾见铁木真的铁骑，铁木真却不能重睹今夕这莹蓝晶闪的冰雪之眸了。六十五岁，大汗天子在围猎野马时从坐骑上摔下，从此他自这漠漠草原上消失。而积冰却千年万年，在山谷的曲径深处放其幽幽的蓝光。

牦牛在吃草，地鼠作其鼠窜，溪在流，阿尔泰山（原文系“有金之山”）仍然炫耀着夕阳的赤金，“杭盖”（原文指有山有水之处）仍然很杭盖。这一切，好得不能再好。七点了，天仍蓝，云仍白，不安的沙雁仍飞来飞去想找一个更安全的草从，草原上的夏天有用不完的精力，即使到九点钟，亦仍有堂堂皇皇的天光。

6

第一天，黄昏微雨，戈壁上出现了长虹——那样绝对的平面加上绝对圆弧，几何上最简单却又最慑人的美。而我没有带照相机，于是稍稍有些后悔。第二天，没有雨，因此有艳丽的夕阳，于是，我又有些后悔。

但是我还是坚持不带相机，对环保而言，照相多少是一项污染。如果真有艺术杰作，或者可以稍稍弥过。但我又是个极端蹩脚的摄影人，不如去借别人的来加洗。何况我一向啰唆，旅行起来，连咖啡都带着，能勒令自己少受相机的打扰也总是好事。

由于没有照相机，我也许只能记得很少，我也许会忘记很多。但我已明白，如果我会忘记，那么，就让能记住的被记住，该遗忘的被遗忘。人生在世，也只能如此了。

夕阳仍浮在山上，我们傻傻地坐在草地上，连一向拍照最忙碌的H也安详地抱膝而坐。

“快拍呀！”有人催他。

“不，不要拍夕阳，”他神秘一笑，“我干过太多次这种事了。每次看到夕阳漂亮就拍，拍出来，却不怎么样。下一次，又看到，又拍，洗出来，还是不怎么样……现在，不拍了！”

他一副“上当多了”的表情，我忽然不后悔了，了解真正碰到大美景的时候，有相机在手跟没相机在手一样无助。

“总不能什么好东西都被你拍光了！”我的语气仿佛有点幸灾乐祸似的，“上帝总还要留一两招是你没办法的！”

7

我对歌者布鲁博·道尔济说：

“给我们唱一首歌吧！”那时候我们的车子正驰向归途，夕阳尚衔在山间，“给我们唱一首跟马有关的歌，好吗？”

“啊！蒙古的歌有一半都跟马有关呢！”

我从没想到，原来只打算提他一下，好让他比较容易选一首歌，不料竟有一半的歌都和马有关。

道尔济是文化协会派来与我们同行的，他办起事来阴错阳差，天昏地暗，可是他只要一开腔唱歌，我们就立刻原谅了他。他使我们了解什么是“大漠之音”。和西南民族比较，西南民族是“山之音”，其声仄逼直行，细致凄婉。草原之音却亮烈宏阔。欢怀处如万马齐鸣，哀婉时则是白杨悲风。

“你们是两条腿走来的，”歌手说，“所以也要学会两首蒙古歌带回去。”

奇怪的逻辑，但我们都努力地跟他学会了一首情歌。

车在草原上急驰，也算是一种马吧。布鲁博 · 道尔济真的唱了一首骏马的歌，新月如眉，俯视着大草原。

我把整个头都伸向车外，仰看各就各位的星光，有人警告说：“不可将头手伸出车外。”

怕什么呢？整个南戈壁千里万里的碎石滩上，就只我们一辆车。没有电线杆，没有路、没有人，这伸出来的头颅唯一会撞上的东西只是夹着草香的清风罢了。

8

他们在溪畔生了火。我们到达的时候只见他们不断地找些拳头大的溪石来烤。烤到石头开始发红，他们就在一个密封的锅子里丢了一层羊肉块加一层石头。再一层羊肉，再一层石头。然后锅子密封，放在余火上，大家微微摇动那锅，好让锅里的石头不断去烫肉，大约半小时吧，肉就熟了。

开了锅，先把石头夹出，石头先遭火烤，又被羊肉汤浸，弄得乌黑油亮的，每人发一块，放在手心里，因为烫，只好在左右手之间抛来丢去，据说这是活血的，于身体大有好处。戏罢石头才开始吃肉。肉锅旁还有一桶溪水煮的粗茶，倒也消渴。大伙儿就大碗茶大块肉地吃起来。

前两天，宴客的桌上有一瓶法国白葡萄酒，当时大家都被极烈性的伏特加镇住了．C眼尖，叫我把这瓶葡萄酒留着。此刻拿来泡在溪水里，不一会就冷沁入脾了。当时靠着山壁还铺着一张大被子，大约是六英尺乘十五英尺吧！其实不是被，是蒙古包外围的围毡。大家或坐或倒，喝一口半口葡萄酒，吃刚刚宰杀刚刚焢熟的蒙古种土羊（蒙人亦认为“洋种羊”较腥膻），这种大尾羊极其纯正鲜美。溪水在峡谷间流，云则在峡谷上飘，世上也竟有这种好日子。

“这是成吉思汗餐，”当地人解释，“成吉思汗出征前都是这样吃的。”

其实用这种热石头来烫热的煮法跟台湾乡间“焢番薯”的道理相近，出征前这样吃倒是对的，行军伙食总以简便实惠为上。

此刻我们并不要出征，却也享尽美福，不禁愧然——然而生命中的好事都是在惶愧中承受的吧？我没有开天辟地，我没有凿一条溪或种一朵野花，我不曾喂一头羊酿一瓶酒，却能一一拥有，人在大化前，在人世的种种情分前也只有死皮赖脸去承恩罢了。

啊！不知道生命本身算不算一场光荣的出征？不知道和岁月且杀且走边缠边打算不算一种悲激的巷战？与时间角力，和永恒徒手肉搏，算来都注定要伤痕累累的。如果这样看，则大英雄出征前这一锅犒军的“贺尔贺德”（指带汁焢肉），我或者也有资格猛喝一口白酒而大嚼一番吧？

放尔千山万水身

从书桌前，我抬起头来，天际红霞涌现，盛夏的黎明是如此干净剔透。我平时很少早起，一时之间，不免为这样的美丽镇住了。其实，今天我也没有早起，而是晚睡，我整夜没睡，我要出国了，我要出国去观光了！

这一年，是一九八一年，啊，如果岁月也有容颜，我愿编荷花为冠冕，戴在那一年的眉额之上，那是多么光华四射的日子啊！

国，我不是没有出过，我已去过琉球、马来西亚、美国和欧洲等，但都是去演讲。而像我这种“愣子性格”，答应演讲就真的去演讲，顺便看一眼明山秀水也是有的，但叫我虚晃一招，假演讲之名去流连游玩，我觉得不算好汉行径。

后来在一九八三年，我赴香港教书时，因为拥有一张香港居民证，可以十分方便去大陆，但我不去。学校给客座教授住的宿舍便在沙田第一城，小区里有巴士直达“匪区”罗湖，我眼巴巴地望着站牌，却仍然咬牙不去。我知道，如果自己能趁别人去不成的时候先去，然后把所见所闻大书特书，当然可以取宠一时，但这种事胜之不武，我也不想要。

所以，这天早晨，才是我第一次到大陆观光。至于彻夜未眠，倒不是因为兴奋，而是因为赶着在行前把编撰的一本书的稿子交出来。

我们要去的地方是印度和尼泊尔，啊！唐三藏的旅程，孙悟空的旅程，我们也要去走它一圈！不为取经，只为玩！可怜故事里的唐三藏一路行行躲躲，唯恐有妖怪来吃他的肉。可怜孙悟空一路打妖怪打得手都长茧了吧？而我们一行却谈笑把盏，驾云直达，何等惬意。

由于这趟旅程，我交到了知己好友。由于这趟旅程，我体会了东方古国的华艳富丽和肮脏赤贫，至美难踪和丑恶污烂。恒河之畔，有人在光天化日之下架火焚烧死尸，浓浊的黑烟中，我惊愕地想起少年时代才会穷思不舍的生命和死亡的谜题。在璀璨如用月光为建材而砌成的泰吉玛哈陵前，望着身披玉色缥纱的印度姝女，不禁要问爱情是什么？美丽是什么？死别是什么？权力又是什么？

好的旅游，不仅带人去远方，而是带人回到最深层的内心世界。

二十年过去了，这段时间，我又去过许多地方，像新西兰，像澳洲，像蒙古，像巴厘岛……但如果有人问我最喜欢旅行中的哪个部分，我会说，我喜欢回程时飞机轮胎安然在跑道上着陆的那一刹。那么笃定的归来的感觉。终于，回到自家的土地上来了，这地球的象限中我最最钟爱最最依恋的坐标点。

唐代有个姓吉的诗人曾写过一句诗："放尔千山万水身。"

意思是说，放纵你那原来属于千山万水的生命而重回到千山万水中去吧！

有趣的是，这首诗其实是首放生的诗，诗人放了一只猿猴，叫它回归千山万水去。我虽然不是猿猴，但我极喜欢这首诗，仿佛它是为我写的。人类在某种程度上也是一只亟待放生的生物，旅行，至少提供了片面的放生。大约，在我们灵魂深处都残存着千年万年的记忆，对深山大泽和朝烟夕岚的记忆，需要我们行遍天涯去将之一一掇拾回来——因此，能出去走走是多么好的事啊！

是的，放尔千山万水身吧！

丝路，一匹挂红

——夜读“丝路之旅”有感

曾有一行脚印，带着东方的紫气西向而去，一路走，一路走，竟走出一条丝路来了。

旅行者仰脸看星空，星空里流过清浅的银河，而丝路是地上的银河，一路流泻着柔柔的丝光。从长安，流过酒泉，流过敦煌，流过波斯，流到地中海，流到罗马……那条路是东方和西方少年时代的恋情，他们彼此乍惊于对方的美丽丰富，他们探索着，想更了解对方。那条路是一条不受干扰的热线，一往一返，一返一往，叠起他们互换的黄金珍宝，以及信息。那条路是一条感性的相“思”路，那条路是一条知性的“思”想路。

那条路令人虔诚，每一个奔走于这条路上的人都是玄奘，他们都是取经人，他们也都是送经人。当然，你可以说他们是商贾，但他们却是传经人，他们把东方文化送给西方去传诵，他们把西方文化带给东方去钻研。

那条路是一条漫长的神话路，有最可怕和最艳魅的妖怪，有最荒凉的死谷和最怡人的仙乡。《西游记》该只是那条路上的故事的一部分。

那条路牵起长长的红丝罗，多么长的一匹挂红，东方和西方在艳丽的丝罗下结了姻缘。

春天来时，所有的桑树都猛然绿起来，肥厚的桑叶挂在那里，好一株原料仓库！春天的中国，宅院几乎淹没在桑树丛里。（那好听的、孩子念书的声音从窗口飘出，他们念的是新上口的《孟子》：“五亩之宅，树之以桑。”）而蚕是最干净的纤维工厂，于是到了暮春时节，每个女子都在缫丝，她们偶或会抬头西望，怅怅地问：

“这一绢丝要留给他们——他们那边又是什么地方？他们也爱穿丝吗？他们的女孩儿长的是什么样子？”

在意大利，在阿富汗，那高髻的贵族女子穿的岂仅是丝，那是中国大江南北每一棵春来的绿意，是朝朝暮暮每一双中国女子柔荑下流动的思绪。东方女子和西方女子共享着曾在一个茧头上抽下来的新丝。

但西方渐渐长大，不再是那柔情的少年，他们的爱恋死亡了。西方第二次来的时候是从海上，大船冲开巨浪，犁下深红色的血沟。不是用温柔的旅者的足音，而是用一门又狠又准的炮，轰开了我们的门。中国惊惶地望着那张似曾相识的脸，怎么会是他呢？不错，他不是罗马，他不是旧日的欧洲；但分明又是他，他怎么变得那么厉害，他的名字仍然叫西方，但他显然不记得那些温柔的往事了，他已经变成另外一个人了，他急切地搜刮，他来不及地把东方的黄金搬回他们的大船。

不再是丝路，我们只见一条血路。

“如果，你不爱我，西方啊，”东方哭了，“你要去爱谁呢？”

“你没有选择，这世上只有一个叫东方一个叫西方的孩子，如果我们不相爱，我们还去爱谁呢？”

“当然，也许你想，你还可以爱自己，但是，当你不爱我的时候，你也同时失去爱自己的能力了，你数着金币，渐渐遗弃自己。你不快乐，你像一只阉鸡一样不断地长肥长大，但你不快乐。”

“我们仍然必须相爱，让我们拨开蔓草荒烟，重寻音尘寂然的古丝路，我们要再一次相期相遇，在我们最初约会的路上。让我们仍是年少的孩子，彼此互换着我们宝盒中的珍宝。也许我们仍要卖力地去各自跋涉那万里长路，注视我，发现我的优雅，并且爱我，我们别无他路，我们注定要相爱。”

让长长的丝路仍然是一条披红挂彩的姻缘路。

常常，我想起那座山

一方纸镇

常常，我想起那座山。

它沉沉稳稳地驻在那块土地上，像一方纸镇，美丽凝重，并且深情地压住这张纸，使我们可以在这张纸上写属于我们的历史。

有时是在市声沸天、市尘弥地的台北街头，有时是在拥挤而又落寞的公共汽车站，有时是在异乡旅舍中凭窗而望，有时是在扼腕奋臂、抚胸欲狂的大痛之际，我总会想起那座山。

或者在眼中，或者在胸中，是中国人，就从心里想要一座山。

孔子需要一座泰山，让他发现天下之小。

李白需要一座敬亭山，让他在云飞鸟尽之际有“相看两不厌”的对象。

辛稼轩需要一座妩媚的青山，让他感到自己跟山相像的“情与貌”。

是中国人，就有权利向上帝要一座山。

我要的那一座山叫拉拉山。

山跟山都拉起手来了

“拉拉是泰雅尔话吗？”我问胡，那个泰雅尔司机。

“是的。”

“拉拉是什么意思？”

“我也不知道，”他抓了一阵头，忽然又高兴地说，“哦，大概是因为这里也是山，那里也是山，山跟山都拉起手来了，所以就叫拉拉山啦！”

他怎么会想起来用“国语”的字来解释泰雅尔的发音的？但我不得不喜欢这种诗人式的解释，一点也不假，他话刚说完，我抬头一望，只见活鲜鲜的青色一刷刷地刷到人眼里来，山头跟山头正手拉着手，围成一个美丽的圈子。

风景是有性格的

十一月，天气一径地晴着，薄凉，但一径地晴着。天气太好的时候我总是不安，看好风好日这样日复一日地好下去，我说不上来地焦急。

我决心要到山里去一趟，一个人。

说得更清楚些，一个人，一个成年的女人，活得很兴头的一个女人，既不逃避什么，也不为了出来“散心”——恐怕反而是出来“收心”，收她散在四方的心。

一个人，带一块面包，几只黄橙，去朝山谒水。

有的风景的存在几乎是专为了吓人，如大峡谷，它让你猝然发觉自己渺如微尘的身世。

有些风景又令人惆怅，如小桥流水（也许还加上一株垂柳，以及模糊的鸡犬声），它让你发觉，本来该走得进去的世界，却不知为什么竟走不进去。

有些风景极安全，它不猛触你，它不骚扰你，像罗马街头的喷泉，它只是风景，它只供你拍照。

但我要的是一处让我怦然心动的风景，像宝玉初见黛玉，不见眉眼，不见肌肤，只神情恍惚地说：

“这个妹妹，我曾见过的。”

他又解释道：“虽没见过，却看着面善，心里倒像是远别重逢的一般。”

我要的是一种似曾相识的山水——不管是在王维的诗里初识的，在柳宗元的《永州八记》里遇到过的，在石涛的水墨画里咀嚼而成了瘾的，或在魂里梦里点点滴滴一石一木蕴积而有了情的。

我要的一种风景是我可以看它也可以被它看的那种。我要一片“此山即我，我即此山；此水如我，我如此水”的熟悉世界。

有没有一种山水是可以与我辗转互相注释的？有没有一种山水是可以与我互相印证的？

包装纸

像歌剧的序曲，车行一路都是山，小规模的，你感到一段隐约的主旋律就要出现了。

忽然，摩托车经过，有人在后座载满了野芋叶子，一张密叠着一张，横的叠了五尺，高的约四尺，远看是巍巍然一块大绿玉。想起余光中的诗——

那就折一张阔些的荷叶
包一片月光回去
回去夹在唐诗里
扁扁的，像压过的相思

台湾的荷叶不多，但满山都是阔大的野芋叶，心形，绿得叫人喘不过气来，真是一种奇怪的叶子。曾经，我们的市场上芭蕉叶可以包一方豆腐，野芋叶可以包一片猪肉——那种包装纸真豪华。

一路上居然陆续看见许多载运野芋叶子的摩托车，明天市场上会出现多少美丽的包装纸啊！

肃 然

山色愈来愈矜持，秋色愈来愈透明，我开始正襟危坐，如果米颠（即米芾）为一块石头而免冠下拜，那么，我该如何面对叠石万千的山呢？

车子往上升，太阳往下掉，金碧的夕晖在大片山坡上徘徊顾却，不知该留下来依属山，还是追上去殉落日。

和黄昏一起，我到了复兴。

它在那里绿着

小径的尽头，在芦苇的缺口处，可以俯瞰大汉溪。

溪极绿。

暮色渐渐深了，奇怪的是溪水的绿色顽强地裂开暮色，坚持地维护着自己的色调。

天全黑了，我惊讶地发现那道绿，仍旧虎虎有力地在流，在黑暗里我闭了眼睛都能看得见。

或见或不见，我知道它在那里绿着。

赏梅，于梅花未着时

庭中有梅，大约有一百棵。

“花期还有三四十天。”山庄里的人这样告诉我，虽然已是已凉未寒的天气。

梅叶已凋尽，梅花尚未剪裁，我只能伫立细赏梅树清奇磊落的骨骼。

梅骨是极深的土褐色，和岩石同色。更像岩石的是，梅骨上也布满苍苔的斑点，它甚至有岩石的粗糙风霜、岩石的裂痕、岩石的苍老嶙峋。梅的枝枝柯柯交抱成一把，竟是抽成线状的岩石。

不可想象的是，这样寂然不动的岩石里，怎能迸出花来呢？

如何那枯瘠的皴枝中竟锁有那样多莹光四射的花瓣？以及那么多日后绿得透明的小叶子，它们此刻都在哪里？为什么独有怀孕的花树如此清癯苍古？那万千花胎怎会藏得如此秘密？

我几乎想剖开枝子掘开地，看看那来日要在月下浮动的暗香在哪里，看看来日可以欺霜傲雪的洁白在哪里。它们必然正在斋戒沐浴，等候神圣的召唤，在某一个北风凄紧的夜里，它们会忽然一起白给天下看。

隔着千里，王维能回首看见故乡绮窗下记忆中的那株寒梅。隔着三四十天的花期，我在枯皴的树臂中预见想象中的璀璨。

于无声处听惊雷，于无色处见繁花，原来并不是不可以的！

神秘经验

深夜醒来我独自走到庭中。

四下是彻底的黑，衬得满天星子水清清的。

好久没有领略黑色的美了。想起托尔斯泰笔下的安娜·卡列尼娜，在舞会里，别的女孩以为她要穿紫罗兰色的衣服，但她竟穿了一件墨黑的，项间一圈晶莹剔亮的钻石，风华绝代。

文明把黑夜弄脏了，黑色是一种极娇贵的颜色，比白色更沾不得异物。

黑夜里，繁星下，大树兀然矗立，看起来比白天更高大。

日本时代留下的那所老屋，一片瓦叠一片瓦，说不尽的沧桑。

忽然，我感到自己被桂香包围了。

一定有一棵桂树，我看不见，可是，当然，它是在那里的。桂树是一种在白天都不容易看见的树，何况在黑如松烟的夜里。如果一定要找，用鼻子应该也找得到。但，何必呢？找到桂树并不重要，能站在桂花浓馥的古典香味里，听那气息在噫吐什么，才是重要的。

我在庭园里绕了几圈，又毫无错误地回到桂花的疆界里，直到我的整个肺纳甜馥起来。

有如一个信徒和神明之间的神秘经验，那夜的桂花对我而言，也是一场神秘经验。有一种花，你没有看见，却笃信它存在。有一种声音，你没有听见，却自知你了解。

当我去即山

我去即山，搭第一班早车。车只到巴陵（好个令人心惊的地名），要去拉拉山——神木的居所——还要走四个小时。

《可兰经》里说："山不来即穆罕默德——穆罕默德就去即山。"

可是，当我前去即山，当班车像一只无桨无楫的舟一路荡过绿波碧涛，我一方面感到作为一个人或一头动物的喜悦，可以去攀援绝峰，可以去横渡大漠，可以去莺飞草长或穷山恶水的任何地方，但一方面也惊骇地发现，山，也来即我了。

我去即山，越过的是空间，平的空间，以及直的空间。

但山来即我，越过的是时间，从太初，它缓慢地走来，一场十万年或百万年的约会。

当我去即山，山早已来即我，我们终于相遇。

张爱玲谈到爱情，这样说：

于千万人之中遇见你所遇见的人，于千万年之中，时间的无涯的荒野里，没有早一步，也没有晚一步，刚巧赶上了，也没有别的话可说，唯有轻轻地问一声："噢，你也在这里吗？"

人类和山的恋爱也是如此，相遇在无限的时间，交会于无限的空间，一个小小的恋情缔结在那交叉点上，又如一个小小鸟巢，偶筑在纵横交错的枝柯间。

地　名

地名、人名、书名，和一切文人雅士虽铭刻于金石，事实上却根本不存在的楼斋亭阁都令我愕然久之。（那些图章上的地名，既不能说它是真的，也不能说它是假的，只能说，它构思在方寸之间的心中，营筑在分寸之内的玉石上。）

中国人的命名恒是如此慎重庄严。

通往巴陵的路上，无边的烟缭雾绕中猛然跳出一个路牌让我惊讶，那名字是：

雪雾闹

我站起来，不相信似的张望了又张望，车上有人在睡，有人在发呆，没有人理会那名字，只有我暗自吃惊。唉，住在山里的人是已经养成对美的抵抗力了，像韦应物的诗“司空见惯浑闲事，断尽苏州刺史肠”。而我亦是脆弱的，一点点美，已经让我承受不起了，何况这种意外蹦出来的、突发的美好。何竟在山叠山、水错水的高绝之处，有一个这样的名字。是一句沉实紧密的诗啊，那名字！

名字如果好得很正常，倒也罢了。例如“云霞坪”，已经好得很够分量了，但“雪雾闹”好得过分，让我张皇失措，几乎失态。

红杏枝头春意闹，但那种闹只是闺中乖女孩偶然的冶艳。而雪雾纠缠，那里面就有了天玄地黄的大气魄，是乾坤的判然分明的对立，也是乾坤的浑然一体的含同。

像把一句密加圈点的诗句留在诗册里，我把那名字留在山巅水涯，继续前行。

谢谢阿姨

车过高义，许多背着书包的小孩下了车。高义小学在那上面。

在台湾，无论走到多高的山上，你总会看见一所小学，灰水泥的墙，红字，有一种简单的不喧不嚣的美。

小孩下车时，也不知是不是校长吩咐的，每一个都毕恭毕敬地对司机和车掌大声地说：“谢谢阿姨！谢谢伯伯！”

在这种车上服务真幸福。

愿那些小孩永远不知道付了钱就叫“顾客”，愿他们永远不知道“顾客永远是对的”的片面道德。

是清早的第一班车，是晨露未晞的通往教室的小径，是刚刚开始背书包的孩子，一声“谢谢”，太阳蔼然地升起来。

山水的巨帙

峰回路转，时而是左眼读水，右眼阅山，时而是左眼披览一页页的山，时而是右眼圈点一行行的水——山水的巨帙是如此观之不尽。

作为高山路线上的一个车掌必然很怡悦吧？早晨，看东山的影子如何去覆罩西山，黄昏的收班车则看回过头来的影子从西山覆罩东山。山径只是无限的整体大片上的一条细线，车子则是千回百折的线上的一个小点。但其间亦自是一段小小的人生，也充满大千世界的种种观照。

不管车往哪里走，奇怪的是梯田的阶层总能跟上来，中国人真是不可思议，他们硬是把峰壑当平地来耕作。

我想送梯田一个名字——“层层香”，说得更清楚点，是层层稻香、层层汗水的芬芳。

巴陵是公路局车站的终点。

像一切的大巴士的山线终站，那其间有着说不出来的小小繁华和小小寂寞—— 一间客栈，一座山庄，一间兼卖肉丝面和猪头肉的票亭，几家山产店，几户人家，一片有意无意的小花圃，车来时，扬起一阵沙尘，然后沉寂。

公车的终点站是计程车的起点，要到巴陵还有三小时的脚程，我订了一辆车，司机是胡先生，泰雅尔人，有问必答，车子如果不遇山崩，可以走到比巴陵更深的深山。

山里的计程车其实是不计程的，连计程表也省得装了。开山路，车子耗损大，通常是一个人或好些人合包一辆车。价钱当然比计程贵，但坐车当然比坐滑竿坐轿子人道多了，我喜欢看见别人和我平起平坐。

我坐在前座，和驾驶员一起，文明社会的礼节到这里是不必讲求了，我选择前座是因为它既便于谈话，又便于看山看水。

车虽是我一人包的，但一路上他老是停下来载人，一会儿是从小路上冲来的小孩——那是他家老五，一会儿又搭乘一位做活的女工，有时他又热心地大叫：

“喂，我来帮你带菜！”

许多人上车又下车，许多东西搬上又搬下，看他连问都不问一声就理直气壮地载人载货，我觉得很高兴。

“这是我家！”他说着，跳下车，大声跟他太太说话。

天啊！漂亮的西式平房。

他告诉我那里是他正在兴盖的旅舍，他告诉我他们的土地值三万一坪，他告诉我山坡上哪一片是水蜜桃，哪一片是苹果……

“要是你四月来，苹果花开，哼……”

这人说话老是让我想起现代诗。

“我们山地人不喝开水的——山里的水拿起来就喝！”

“呶，这种草叫‘嗯桑’，我们从前吃了生肉要是肚子痛就吃它。”

“停车，停车。”这一次是我自己叫停的，我仔细端详了那种草，锯齿边的尖叶，满山遍野都是，从一尺到一人高。顶端开着隐藏的小黄花，闻起来极清香。

我摘了一把，并且撕一片像中指大小的叶子开始咀嚼。老天！真苦得要死，但我狠下心至少也得吃下那一片，我总共花了三个半小时，才吃完那一片叶子。

“那是芙蓉花吗？”

我种过一种芙蓉花，初绽时是白的，开着开着就变成了粉的，最后变成凄艳的红。

我觉得路旁那些应该是野生的芙蓉。

“山里花那么多，谁晓得？”

车子在凹凹凸凸的路上，往前蹦着。我不讨厌这种路——因为太讨厌平直光滑的大道把你一路输送到风景站的无聊。

当年孔丘乘车，遇人就“凭车而轼”，我一路行去，也无限欢欣地向所有的花，所有的蝶，所有的鸟以及不知名的蔓生在地上的浆果行“车上致敬礼”。

“到这里为止，车子开不过去了，”司机说，“下午我来接你。”

山水的圣谕

我终于独自一人了。

独自一人来面领山水的圣谕。

一片大地能昂起几座山？一座山能涌出多少树？一棵树里能秘藏多少鸟？一声鸟鸣能婉转倾泻多少天机？

鸟声真是一种奇怪的音乐——鸟愈叫，山愈幽深寂静。

流云匆匆从树隙穿过——云是山的使者吧——我竟是闲于闲云的一个。

“喂！”我坐在树下，叫住云，学当年孔子叫住趋庭而过的鲤，并且愉快地问它，“你学了诗没有？”

并不渴，在十一月山间的新凉中，但每看到山泉我仍然忍不住停下来喝一口。雨后初晴的早晨，山中轰轰然全是水声，插手入寒泉，只觉自己也是一片冰心在玉壶。而人世在哪里？当我一插手之际，红尘中几人生了？几人死了？几人灰情灭欲大彻大悟了？

剪水为衣，抟山为钵，山水的衣钵可授之何人？叩山为钟鸣，抚水成琴弦，山水的清音谁是知者？山是千绕百折的璇玑图，水是逆流而读或顺流而读都美丽的回文诗，山水的诗情谁来管？

视脚下的深涧，浪花翻涌，一直，我以为浪是水的一种偶然，一种偶然搅起的激情。但行到此处，我忽竟发现不然，应该说水是浪的一种偶然，平流的水是浪花偶尔憩息时的宁静。

同样是岛，同样有山，不知为什么，香港的山里就没有这份云来雾往、朝烟夕岚以及千层山万重水的故国韵味。香港没有极高的山，极巨的神木。香港的景也不能说不好，只是一览无遗，坦然得令人不习惯。

对一个中国人而言，烟岚是山的呼吸，而拉拉山，此刻正在徐舒地深呼吸。

在

小的时候老师点名，我们一一举手说：

“在！”

当我来到拉拉山，山在。

当我访水，水在。

还有，万物皆在，还有，岁月也在。

转过一个弯，神木便在那里，在海拔一千八百米的地方，在拉拉山与塔曼山之间，以它五十四米的身高，面对不满五尺四寸的我。

他在，我在，我们彼此对望着。

想起刚才在路上我曾问司机：

“都说神木是一个教授发现的，他没有发现以前你们知道不知道?”

“哈，我们早就知道啦，做小孩子时就知道，大家都知道的嘛！它早就在那里了!”

被发现，或不被发现，被命名，或不被命名，被一个泰雅尔族的山地小孩知道，或被森林系的教授知道，它反正在那里。

心情又激动又平静，激动，因为它超乎想象的巨大庄严；平静，是因为觉得它理该如此，它理该如此妥帖地拔地擎天，它理该如此是一座倒生的翡翠矿，需要用仰角去挖掘。

路旁钉着几张原木椅子，长满了苔藓，野蕨从木板裂开的瘢目间冒生出来，是谁坐在这张椅子上把它坐出一片苔痕？是那叫作“时间”的过客吗?

再往前，是更高的一株神木叫“复兴二号”。

再走，仍有神木，再走，还有。这里是神木家族的聚居之处。

十一点了，秋山在此刻竟也是阳光炙人的，我躺在“复兴二号”下面，想起唐人的传奇，虬髯客不带一丝邪念卧看红拂女梳垂地的长发，那景象真华丽。我此刻也卧看大树在风中梳着那满头青丝，所不同的是，我也有华发绿鬓，跟巨木相向苍翠。

人行到“复兴一号”下面，忽然有些悲怆，这是胸腔最阔大的一棵，直立在空无凭依的小山坡上，似乎被雷殛过，有些地方劈剖开来，老干枯败苍古，分叉部分却活着。

怎么会有一棵树同时包括死之深沉和生之愉悦！

那树多像中国！

中国？我是到山里来看神木的，还是来看中国的？

坐在树根上，惊看枕月衾云的众枝柯，忽然，一滴水，棒喝似的打到头上。那枝柯间也有汉武帝所喜欢的承露盘吗？

真的，我问我自己，为什么要来看神木呢？对生计而言，神木当然不及番石榴树，而番石榴，又不及稻子麦子。

我们要稻子，要麦子，要番石榴，可是，令我们惊讶的是，我们的确也想要一棵或很多棵神木。

我们要一个形象来把我们自己画给自己看，我们需要一则神话来把我们自己说给自己听：千年不移的真挚深情，阅尽风霜的泰然庄矜，接受一个伤痕便另拓一片苍翠的无限生机，人不知而不愠的怡然自足。

树在。山在。大地在。岁月在。我在。你还要怎样更好的世界？

适　者

听惯了“物竞天择，适者生存”，人不知不觉就绷紧了，仿佛自己正介于适者与不适者之间，又好像适于生存者的名单即将宣布了，我们连自己生存下去的权利都开始怀疑起来了。

但在山中，每一种生物都尊严地活着，巨大悠久如神木，神奇尊贵如灵芝，微小如阴暗岩石上恰似芝麻点大的菌子，美如凤尾蝶，丑如小蜥蜴，古怪如金狗毛，卑弱如匍匐结根的蔓草，以及种种不知名的万类万品，生命是如此仁慈公平。

甚至连没有生命的，也和谐地存在着，土有土的高贵，石有石的尊严，倒地而死无人凭吊的树尸也纵容菌子、蕨草、苔藓和木耳爬得它一身，你不由觉得那树尸竟也是另一种大地，它因容纳异己而在那些小东西身上又青青翠翠地再活了起来。

生命是有充分的余裕的。

在山中，每一种存在的都是适者。

忽然，我听到人声，胡先生来接我了。

“就在那上面，”他指着头上的岩突叫着，“我爸爸打过三只熊！”

我有点生气，怎么不早讲？他大概怕吓着我，其实，我如果事先知道自己走的是一条大黑熊出没的路，一定要兴奋十倍。可惜了！

“熊肉好不好吃?”

“不好吃，太肥了。”他顺手摘了一把野草，又顺手扔了，他对逝去的岁月并不留恋，他真正挂心的是他的车，他的孩子，他计划中的旅馆。

山风跟我说了一天，野水跟我聊了一天，我累了。在回来的公路局车上安分地凭窗俯瞰极深极深的山涧，心里盘算着要到何方借一只长瓢，也许是长如勺子星座的长瓢，并且舀起一瓢清清冽冽的泉水。

有人在山跟山之间扯起吊索吊竹子，我有点喜欢做那竹子。

回到复兴，复兴在四山之间，四山在金云的合抱中。

水　程

清晨，我沿复兴山庄旁边的小路往吊桥走去。

吊桥悬在两山之间，不着天，不巴地，不连水——吊桥真美。走吊桥时我简直有一种走索人的快乐，山色在眼，风声在耳，而一身系命于天地间游丝一般铁索间。

多么好!

我下了吊桥，走向渡头，舟子未来，一个农妇在田间浇豌豆，豌豆花是淡紫的，很细致美丽。

打谷机的声音不知从何处传来，我感动着，那是一种现代的舂米之歌。

我要等一条船沿水路带我经阿姆坪到石门，我坐在石头上等着。

乌鸦在山岩上直嘎嘎地叫着，记得有一年在香港碰到王星磊导演的助手，他没头没脑地问我：

“台湾有没有乌鸦？”

他们后来到印度去弄了乌鸦。

我没有想到在山里竟有那么多乌鸦，乌鸦的声音平直低哑，丝毫不婉转流利，它只会简单直接地叫一声：

“嘎——”

但细细品味，倒也有一番直抒胸臆的悲痛，好像要说的太多，仓皇到极点反而只剩一声长噫了！

乌鸦的羽翅纯黑硕大，华贵耀眼。

船来了，但乘客只我一人，船夫定定地坐在船头等人。

我坐在船尾，负责邀和风，邀丽日，邀偶过的一片云影，以及夹岸的绿烟。

没有别人来，那船夫仍坐着。两个小时过去了。

我觉得我邀到的客人已够多了，满船都是，就付足了大伙儿的船资，促他开船。他终于答应了。

山从四面叠过来，一重一重的，简直是绿色的花瓣——不是单瓣的那一种，而是重瓣的那一种——人行水中，忽然就有了花蕊的感觉，那种柔和的、生长着的花蕊，你感到自己的尊严和芬芳，你竟觉得自己就是张横渠所说的可以“为天地立心”的那个人。

不是天地需要我们去为之立心，而是由于天地的仁慈，他俯身将我们抱起，而且刚刚好放在心坎的那个位置上。山水是花，天地是更大的花，我们遂挺然成花蕊。

回首群山，好一块沉实的纸镇，我们会珍惜的，我们会在这张纸上写下属于我们的历史。

后　记

一、常常，我仍想起那座山。

二、冬天，我再去复兴山庄，狠狠地看了一天的梅花。

三、夏天，在一次去台旅行之前，我又去了一次拉拉山，吃了些水蜜桃，以及山壁上倾下来的不花钱的红草莓。夏天比秋天好的是绿苔上长满十字形的小紫花，但夏天游人多些，算来秋天比夏天多了整整一座空山。

小品

惊

我喜欢那些把我吓得一惊的东西！

有一次去看画展，一进门，冷不防地被一整墙的张大千的大幅墨荷吓了一跳——哪里是荷花，简直是荷树！简直是荷森林！那样傲岸无人，而且很邪门的，竟像是还在继续往上长，一种要撑破什么似的放肆的生长！

冬天里，我喜欢用一只晶亮的矮玻璃杯喝赤艳的红茶——可是令人感伤的是，一盏茶总是在喝到一半的时候就凉了。

有一天，我偶然把茶放在南窗下的日光里，并且一面看书，一面不断地沿着日光的新脚痕移放它——那茶竟因而一直保持了温热，我老觉得它该凉了，然而它仍旧未凉，过了一会，我在心理上已准备好它该凉了，然而它仍旧未凉……

那一天，我真的吓了一跳，好像面对一片阳光中可以温暖到地老天荒的红茶似的！

有一次，傍晚上阳明山去开一个会，会开了些什么已经忘记了，却记得路上的一朵白花。

也许由于山径特别黑，车一转弯，山岩间蓦地冲出的一只白色野百合，硬是白得令人大吃一惊！仿佛整个夜色的黑全是凹的，单单为了衬托这一点浮凸的白，那白色又柔和又强悍，我从来没有料到一朵黑夜中的白花能白得那么立体，那么华艳，那么唯我独尊。

黄在美国修音乐博士的时候，她的老师这样告诉她："只要有情感，就算挨着电话簿念名字，也会念得人泪下。"我听了，如受一棒，就因为我们把电话簿上那些名字视为陌路，我们才彼此在对方的园囿外流浪的。

能在电话架上拥有一本记录着十万人姓名的电话簿，是一件动人心魄的事。

杜甫曾渴望做一个"语不惊人死不休"的诗人，但"去惊人"毕竟是少数人的事，能保持心灵的敏锐接受"被惊"才是大多数人应该追寻的经验，我喜欢生活中不断有新的惊讶和新的震撼。

雨　荷

有一次，雨中走过荷池，一塘的绿云绵延，独有一朵半开的红莲挺然其间。

我一时为之惊愕驻足，那样似开不开、欲语不语、将红未红、待香未香的一株红莲！

漫天的雨纷然又漠然，广不可及的灰色中竟有这样一株红莲！像一堆即将燃起的火，像一罐立刻要倾泼的颜色！我立在池畔，虽不欲捞月，也几成失足。

生命不也如一场雨吗？你曾无知地在其间雀跃，你曾痴迷地在其间沉吟——但更多的时候，你得忍受那些寒冷和潮湿，那些无奈与寂寥，并且以晴日的幻想度日。

可是，看那株莲花，在雨中怎样地唯我而又忘我，当没有阳光的时候，它自己便是阳光。当没有欢乐的时候，它自己便是欢乐！一株莲花里有怎样完美自足的世界！

一池的绿，一池无声的歌，在乡间不惹眼的路边——岂只有哲学书中才有真理？岂只有研究院中才有答案？一笔简单的雨荷可绘出多少形象之外的美善，一片亭亭青叶支撑了多少世纪的傲骨！

倘有荷在池，倘有荷在心，则长长的雨季何患？

初　心

一　初哉首基肇祖元胎……

因为书是新的，我翻开来的时候也就特别慎重。书本上的第一页第一行是这样的："初、哉、首、基、肇、祖、元、胎……始也。"

那一年，我十七岁，望着《尔雅》这部书的第一句话而愕然，这书真奇怪啊！把"初"和一堆"初的同义词"并列卷首，仿佛立意要用这一长串"起始"之类的字来作整本书的起始。

也是整个中国文化的起始和基调吧？我有点敬畏起来了。

想起另一部书，《圣经》，也是这样开头的：

起初，上帝创造天地。

真是简明又壮阔的大笔，无一语修饰形容，却是元气淋漓，如洪钟之声，震耳贯心，令人读着读着竟有坐不住的感觉，所谓壮志陡生，有天下之志，就是这种心情吧！寥寥数字，天工已竟，令人想见日之初升，海之初浪，高山始突，峡谷乍降及大地寂然等待小草涌腾出土的刹那！

而那一年，我十七，刚入中文系，刚买了这本古代第一部字典《尔雅》，立刻就被第一页第一行迷住了，我有点喜欢起文字学来了，真好，中国人最初的一本字典（想来也是世人的第一本字典），它的第一个字就是“初”。

“初，裁衣之始也。”文字学的书上如此解释。

我又大为惊动，我当时已略有训练，知道每一个中国文字背后都有一幅图画，但这“初”字背后不止一幅画，而是长长的一幅卷轴。想来当年造字之人初造“初”字的时候，也是煞费苦心的神束之笔这件事无形可绘，无状可求，如何才能追踪描摹？

他想起了某个女子动作，也许是母亲，也许是妻子，那样慎重地先从纺织机上把布取下来，整整齐齐的一匹布，她手握剪刀，当窗而立，她屏息凝神，考虑从哪里下刀，阳光把她微微毛乱的鬓发渲染成一轮光圈。她用神秘而多变的眼光打量着那整匹布，仿佛在主持一项典礼。其实她努力要决定的只不过是究竟该先做一件孩子的小衫好呢？还是先裁自己的一幅裙子？一匹布，一如渐渐沉黑的黄昏，有一整夜的美可以预期——当然，也有可能是噩梦，但因为有可能成为噩梦，美梦就更值得去渴望——而在她思来想去的当际，窗外陆陆续续流溢而过的是初春的阳光，是一批一批的风，是雏鸟拿捏不稳的初鸣，是天空上一匹复一匹不知从哪一架纺织机里卷出的浮云。

那女子终于下定决心，一刀剪下去，脸上有一种近乎悲壮的决然。

“初”字，就是这样来的。

人生一世，亦如一匹辛苦织成的布，一刀下去，一切就都裁就了。

整个宇宙的成灭，也可视为一次女子的裁衣啊！我爱上“初”这个字，并且提醒自己每清晨都该恢复为一个“初人”，每一刻，都要维护住那一片初心。

二　初发芙蓉

《颜延之传》里这样说：

> 颜延之问鲍照己与谢灵运优劣，照曰：“谢五言诗如初发芙蓉，自然可爱，君诗如铺锦列绣，雕缋满眼。”

六朝人说的芙蓉便是荷花，鲍照用“初发芙蓉”比谢灵运，实在令人羡慕，其实“像荷花”不足为奇，能像“初发芙蓉”才令人神思飞驰。灵运一生独此四字，也就够了。

后来的文学批评也爱沿用这字归，介存斋《论词杂著》论晚唐韦庄的词便说：

端己词清艳绝伦，初日芙蓉春月柳，使人想见风度。

中国人没有什么“诗之批评”或“词之批评”，只有“诗话”“词话”，而词话好到如此，其本身已凝聚饱实，全华丽如一则小令。

三　清露晨流新桐初引

《世说新语》里有一则故事，说到王恭和王忱原是好友，以后却因政治上的芥蒂而分手。只是每次遇见良辰美景，王恭总会想到王忱。面对山石流泉，王忱便恢复为王忱，是一个精彩的人，是一个可以共享无限清机的老友。

有一次，春日绝早，王恭独自漫步一幽极胜极之外，书上记载说：

子时清露晨流，新桐初引。

那被人爱悦，被人誉为“濯濯如春月柳”的王恭忽然怅怅冒出一句：“王大故自濯濯。”语气里半是生气半是爱惜，翻成白话就是：

“唉，王大那家伙真没话说——实在是出众!”

不知道为什么，作者在描写这段微妙的人际关系时，把周围环境也一起写进去了。而使我读来怦然心动的也正是那段“子时清露晨流，新桐初引”的附带描述。也许不是什么惊心动魄的大景观，只是一个序幕初启的清晨，只是清晨初初映着阳光闪烁的露水，只是露水装点下的桐树初初抽了芽，遂使得人也变得纯洁灵明起来，甚至强烈地怀想那个有过嫌隙的朋友。

李清照大约也被这光景迷住了，所以她的《念奴娇》里竟把“清露晨流，新桐初引”的句子全搬过去了。一颗露珠，从六朝闪到北宋，一叶新桐，在安静的扉页里晶薄透亮。

我愿我的朋友也在生命中最美好的片刻想起我来，在一切天清地廓之时，在叶嫩花初之际，在霜之始凝，夜之始静，果之初熟，茶之方馨。在船之启碇，鸟之回翼，在婴儿第一次微笑的刹那，想及我。

如果想及我的那人不是朋友，而是敌人（如果我有敌人的话），那也好——不，也许更好，嫌隙虽深，对方却仍会想及我，必然因为我极为精彩的缘故。当然，也因为一片初生的桐叶是那么好，好得足以让人有气度去欣赏仇敌。

近　水

"远水救不了近火"，所以我们需要近水。

可是，等等，我并没有失火啊！干吗要那近水呢？

唉，其实你不知道，我失火了，我的朋友也失火了，我们市民全都失火了，我们是二级灼伤的病患。

什么火烧了我们呢？欲望之火、贪婪之火、愤怒之火、嫉恨之火（包括正面的嫉恶和负面的嫉才）……照五行之说，我们都是命里缺水之人。老一辈的人，你只要看一眼他的名字，就知道他缺不缺水。例如陈癸淼或陈水扁——虽然后者颇以为自己是新时代的舵手。

缺了水，怎么办呢？我的对策是时不时地要去朝山谒水一番。像古时候的帝王，要从西部的长安远赴山东泰山去封禅，一路走到渤海、黄海一带（也就是黄河的入海口，横傲的秦始皇也许就是因东海岸的泰山之行害他死掉的），其虔诚之情绝不下于回教徒之朝圣麦加。

"人往高处爬"？不对，人类真正的愿望是去就水，低低的水。古帝王如此，小市民也如此。麦尔维尔的《白鲸记》一开头便说：

> 假设你是在乡下，在某些有湖泊的高地上。随你高兴走哪一条路，十次有九次循着这条路会走下一个溪谷，在溪流的积水潭畔。此中有不可思议的魔力。让心神最恍惚的人沉于最深的梦想里——只要你叫一个人站直，信步而行，他就会绝对无误地把你带到水滨，只要整个地区里是有水的。

对于水，我们有本能的依恋。不必羞愧，对着水，我们是长不大的胎儿，我们需要安舒的羊水来包覆。

台湾是个海岛，麻烦的是它偏偏又是个大岛，所以住在台北市简直会忘记我们周边还有太平洋或台湾海峡。太平洋对花莲市民或许有意义。住在台北市，我却急需要找更近的水。更近的水在哪里？北海岸吗？不行，就算你有最便捷的交通工具，到达北海岸也要八十分钟。

所以，我渴于在市中心找一处净水，作为我心灵的依傍。加拿大的露意湖极渊静、极鲜澄，配上雪峰更令人屏息，但却是远水。云梦大泽，只要一想到这个名字，想到两千年前几万平方公里的大沼泽，想到兰馥桂馨，白鹤横空，也令人凛然生敬，但它们却因环境问题而枯尽水草成为无趣的干地了。日月潭或石门水库也不错吧？但仍然嫌远。我真正能随时去亲炙的是南海路植物园里的荷花池。

荷花池小到不行，只配做私人庭园中的小景，但毕竟也是水，有荷香成阵，也有水鸟悠游，也有潾潾之波，娟娟之影，也能令人浑然忘忧。

池中心有小洲，洲上众芳葳蕤，令人神驰。看着那片小洲，我会兴起两个联想，其一是“关关雎鸠，在河之洲”，那是《诗经》的首句。只见宇宙洪荒中有一条河，汩汩而流，小小的水鸟在河上沙洲安身立命，嘤嘤求偶，诗情就从这里生发。其二是令我想起远方的美丽女子戴安娜的埋香之处，也是一块湖中小渚，绿荫合抱中，再没有跟监的摄影机了。戴安娜虽不是什么嘉言懿行的典范，却也是令人怜之爱之的绝代美女，我思其人，不觉惘然。想起莎士比亚赞美埃及妖后之美，谓：

> 就算是缺点，只要是在她身上，也是美的。就算她淫荡，那（神圣的）祭司仍会为她祝福。

倾国倾城，佳人难再，佳人如今何在？在英国某一湖泊中的小洲渚上。美是如此脆弱，又如此顽强，十年过去，我仍记得她的美，她却已化作枯骨，这样美的女人，她曾珍惜自己吗？她能逃离“怨憎每相聚”“相爱常诀别”的人世咒诅吗？

到了水边，无论智愚，都多多少少会想些事情，我喜欢水，我喜欢这城市中的一方静水，我喜欢荷花池畔的自己。

当　下

“当下”这个词，不知可不可以被视为人间最美丽的字眼？

她年轻、美丽、被爱，然而，她死了。

她不甘心，这一点，天使也看得出来。于是，天使特别恩准她遁回人世，并且她可以在一生近万个日子里任挑一天，去回味一下。

她挑了十二岁生日的那一天。

十二岁，艰难的步履没有开始，复杂的人生算式才初透玄机，应该是个值得重温的黄金时段。

然而，她失望了。十二岁生日的那天清晨，母亲仍然忙得像一只团团转的母鸡，没有人有闲暇可以多看她半眼，穿越时光回奔而来的女孩，惊愕万分地看着家人，不禁哀叹：

这些人活得如此匆忙，如此漫不经心，仿佛他们能活一百万年似的。他们糟蹋了每一个“当下”。

以上是美国剧作家怀尔德的作品《小镇》里的一段。

是啊，如果我们可以活一千年，我们大可以像一株山巅的红桧，扫云拭雾，卧月眠霜。

如果我们可以活一万年，那么我们亦得效悠悠磐石，冷眼看哈雷彗星以七十六年为一周期，旋生旋灭。并且翻览秦时明月、汉代边关，如翻阅手边的零散手札。

如果可以活十万年呢？那么就做冷冷的玄武岩岩岬吧，纵容潮汐的乍起乍落，浪花的忽开忽谢，岩岬只一径兀然枯立。

果真可以活一百万年，你尽管学大漠沙砾，任日升月沉，你只管寂然静阒。

然而，我们只拥有百年光阴。其短促倏忽——照《圣经》形容——只如一声喟然叹息。

即使百年，元代曲家也曾给它做过一番质量分析，那首曲子翻成白话便如下文：

号称人生百岁，其实能活到七十也就算古稀了，其余三十年是个虚数啦。

更何况这期间有十岁是童年，糊里糊涂，不能算数。后十载呢？又不免老年痴呆，严格说来，中间五十年才是真正的实数。

而这五十年，又被黑夜占掉了一半，剩下的二十五年，有时刮风，有时下雨，种种不如意。

至于好时光，则飞逝如奔兔，如迅鸟，转眼成空。

仔细想想，都不如抓住此刻，快快活活过日子划得来。

元曲的话说得真是白，真是直，真是痛快淋漓。

万古乾坤，百年身世。且不问美人如何一笑倾国，也不问将军如何引箭穿石。帝王将相虽然各自有他们精彩的脚本，犀利的台词，我们却只能站在此时此刻的舞台上，在灯光所打出的表演区里，移动我们的台步，演好我们的角色，扣紧剧情，一分不差。人生是现场演出的舞台剧，容不得NG再来一次，你必须当下演好。

生有时，死有时
栽种有时，拔毁有时
……
哭有时，笑有时
哀恸有时，欢跃有时
抛有时，聚有时

寻获有时，散落有时

得有时，舍有时

……

爱有时，恨有时

战有时，和有时

以上的诗，是号称智慧国王所罗门的歌。那歌的结论，其实也只在说明，人在周围种种事件中行过，在每一记“当下”中完成其生平历练。

“当下”，应该有理由被视为人间最美丽的字眼吧？

回头觉

几个朋友围坐聊天，聊到“睡眠”。

“世上最好的觉就是回头觉。”有一人发表意见。

立刻有好几人附和。回头觉也有人叫“还魂觉”，如果睡过，就知道其妙无穷。

回头觉是好觉，这种状况也许并不合理，因为好觉应该一气呵成，首尾一贯才对，一口气睡得饱饱，起来时可以大喝一声：“八小时后又是一条好汉！”

回头觉却是残破的，睡到一半，闹钟猛叫，必须爬起，起来后头重脚轻，昏昏倒倒，神智迷糊，不知怎么却又猛想起，今天是假日，不必上班上学，于是立刻回去倒头大睡。这“倒下之际”那种失而复得的喜悦，是回头觉甜美的原因。

世间万事，好像也是如此，如果不面临“失去”的惶恐，不像遭剥皮一般被活活剥下什么东西，也不会憬悟“曾经拥有”的喜悦。

你不喜欢你所住的公寓，它窄小、通风不良，隔间也不理想。但有一天你忽然听见消息，说它是违章建筑，违反都市计划，市府下个月就要派人来拆了。这时候你才发现它是多么好的一栋房子啊，它多么温馨安适，一旦拆掉真是可惜，叫人到哪里再去找一栋和它相当的好房子？

如果这时候有人告诉你这一切不过是误传，这栋房子并不是违建，你可以安心地住下去——这时候，你不禁欢欣喜忭，仿佛捡到一栋房子。

身边的人也是如此，惹人烦的配偶，缠人的小孩，久病的父母，一旦无常，才知道因缘不易。从癌症魔掌中抢回亲人，往往使我们有叩谢天恩的冲动。

原来一切的“继续”其实都可以被外力“打断”，一切的“进行”都可能强行“中止”，而所谓的“存在”也都可以剥夺成“不存在”。

能睡一个完美的觉的人是幸福的，可惜的是他往往并不知道自己拥有那份幸福。因此被吵醒而回头再睡的那一觉反而显得更幸福，只有遭剥夺的人才知道自己拥有的是什么。

让我们想象一下自己拥有的一切有多少是可能遭掠夺的，这种想象有助于增长自己的“幸福评分指数”。

春之怀古

春天必然曾经是这样的：从绿意内敛的山头，一把雪再也撑不住了，噗嗤的一声，将冷脸笑成花面，一首澌澌然的歌便从云端唱到山麓，从山麓唱到低低的荒村，唱入篱落，唱入一只小鸭的黄蹼，唱入软溶溶的春泥——软如一床新翻的棉被的春泥。

那样娇，那样敏感，却又那样混沌无涯。一声雷，可以无端地惹哭满天的云，一阵杜鹃啼，可以斗急了一城杜鹃花。一阵风起，每一棵柳都吟出一则则白茫茫、虚飘飘说也说不明、听也听不清的飞絮，每一丝飞絮都是一株柳的分号。反正，春天就是这样不讲理、没逻辑，而仍可以好得让人心平气和。

春天必然曾经是这样的：满塘叶黯花残的枯梗抵死苦守一截老根，北地里千宅万户的屋梁受尽风欺雪凌犹自温柔地抱着一团小小的空虚的燕巢。然后，忽然有一天，桃花把所有的山村水廓都攻陷了。柳树把皇室的御沟和民间的江头都控制住了——春天有如旌旗鲜明的王师，因长期虔诚的企盼祝祷而美丽起来。

而关于春天的名字，必然曾经有这样的一段故事：在《诗经》之前，在《尚书》之前，在仓颉造字之前，一只小羊在啮草时猛然感到的多汁，一个孩子在放风筝时猛然感觉到的飞腾，一双患风痛的腿在猛然间感到的舒活，千千万万素手在溪畔在塘畔在江畔浣纱的手所猛然感到的水的血脉……当他们惊讶地奔走互告的时候，他们决定将嘴噘成吹口哨的形状，用一种愉快的耳语的声量来为这季节命名——“春”。

鸟又可以开始丈量天空了。有的负责丈量天的蓝度，有的负责丈量天的透明度，有的负责用那双翼丈量天的高度和深度。而所有的鸟全不是好的数学家，他们吱吱喳喳地算了又算，核了又核，终于还是不敢宣布统计数字。

至于所有的花，已交给蝴蝶去点数。所有的蕊，交给蜜蜂去编册。所有的树，交给风去纵宠。而风，交给檐前的老风铃去一一记忆、一一垂询。

春天必然曾经是这样的，或者，在什么地方，它仍然是这样的吧？穿越烟囱和烟囱的黑森林，我想走访那踯躅在湮远年代中的春天。

衣衣不舍

一

据说有人用写日记来记录个人历史，有人用照片，而我，用衣服。

如果人生如戏的话，我最感兴趣的既不是情节，也不是人物，反而是服装、道具和灯光舞台。

看张爱玲的《对照记》，不知怎的，只觉一个女人的一生好像最后只留下几件衣服的回忆，当然不只是衣服，而是那件衣服里的自己，自己的身体。像余光中的诗里说的，拥抱你的，是大衣。

二

我很怀念古代（所谓“古”，是指五十年前），那时候据说有一种小偷，专偷衣服，他们有一种特技，就是用长竹竿绑个钩子，从人家的窗子里伸进去钩衣服。

“他们偷衣服能干吗呢?”新新人类一定大惑不解。

啊，新新人类哪里会懂，衣服，甚至旧衣服，在那个时代都算是一笔资产，值得偷，有资格进当铺，还可以当遗产分赠。

早年，在我屏东的老家，也常有原住民站在矮墙外，用腔调奇特的“国语”叫道：

“太太，有没有旧衣服，我拿小米跟你换啦!”

弟弟妹妹的衣服裤子后来就都去了三地门了。那时代的衣服像日本天皇，万世一系，代代相传，其间当然可能从大衣变短袄，但却常相左右，永不灭绝——我这样说，你大概有点明白我跟衣服之间的感情了。

三

三十年前的一个夏天，我到台南去赴一个写作营，和孙康宜住在同一间寝室（她那时还是文艺少女，读东海，现在都已是耶鲁大学的东亚系主任了)。我当时正怀胎三月，人萎萎蔫蔫的，她当然看出来了，不久以后，知道的人就更多了。于是周围一时布满关爱的眼神。“下了课你到我家来，我有东西给你。”说这话的是谭天钧大夫，她是当时旅美华人中有名的医生，专攻小儿癌症，但那段时间她因陪夫婿而回台湾小住。

我不知道这个名满天下的女医师有什么东西要给我。我们两人所学的东西相差太远，不料她居然抱出一堆衣服，说：

“这是我从前怀孕时穿的衣服，现在用不着了，想送给你。”

啊，原来是最原始的女人和女人之间的事，我欣然拿回了那包衣服，只是心里有些纳闷，她的女儿已经五六岁了，她这些衣服为什么迟迟没有送出去呢？是本来打算再生一个后来却又放弃了呢？还是“宝剑赠英雄”，不看到顺眼的人就不轻易相赠呢？她回台虽也去荣总，但是短期客卿身份，东西带的当然愈少愈好，为什么偏又带着这些衣服呢？是为了温暖的回忆吗？不知道，我把玩着那些衣服，觉得衣服像是活的，还可以听到上一个孩子的胎音。

我当时因为身材尚未膨胀，一时还用不着，所以衣服便只能挂在那里提供想象了。那些衣服设计精良，基本上都是一套两件式的。裙子在肚子部分挖一个洞，上衣则作金钟形，可以罩住那件有洞的裙子。

其中有一套是高领窄裙，穿来简直像旗袍，它的花色又以黄菊为主，那年头好像只有西方人才会设计出那么东方味道的衣服。

到了十一月，肚子真的大起来了，我去领中山文艺散文奖，穿的便是其中一套蓝绿色的孕妇装。这些衣服，我至今留着，在寸土寸金的台北，留一柜子不穿的衣服实在不可思议，但我把它定位为“家史馆”，并且至今并没有打算取消这项编制。

四

“家史馆”里当然还有其他成员的东西，例如父亲年轻时穿的长筒马靴，以及他年老时家居穿的黑色布鞋。丈夫在婚礼中穿的上衣是铁灰色的，微有光泽。还有孩子上幼儿园时穿的小围兜，上面分明还绣着“卫理幼儿园”的字样，然而一瞬间，柜中已加挂了他的博士袍，加州理工学院的化学博士，我多么不习惯听旁人叫他Dr. 林啊！仿佛昨天他还是穿围兜的小孩，在幼儿园里玩跷跷板，啊，不要告诉我他已是三十岁的“博士后研究员”，我只能相信他仍是一个小孩，只不过此刻他不在玩跷跷板，而在玩实验室中的试管。也许我更记得的是，孕妇衣上挖开一个好玩洞，洞里冒出圆圆的肚子，而他曾躲在那肚子里如一个待猜的深奥的谜底……

女儿的衣服就更复杂了，粉红色用毛线钩出的洋装，是阿姨的手泽。酪梨绿的那一件是她五岁时的第一件小礼服，穿上那件衣服你忽然发觉有个小淑女在隐隐成形。蜡染布的那一件很有南洋风，是她小学六年级的时候自己大胆剪裁并且车成的……啊，不要忘记角落里那把小洋伞，故事要拉到一九四八年，当时我的六阿姨和一位飞行员结婚，去西湖度蜜月，回来买了一把丝绸伞来相赠，伞面上画的是断桥残雪，绸子作绯红色，轻轻地撑开啊，轻轻地撑，五十三年前的蚕和它们的丝茧，五十三年前的雪景，五十三年前的湖光，五十三年前一个美丽女子的新婚旅行……

咦，衣橱下面怎么会有一个椭圆形的塑料小红盆呢，啊，想起来了，那是儿子女儿小时候洗澡用的。啊！那时候他们的身体是多么多么小啊！

五

“家史馆”中不是家人衣服的也有一件，那是朋友的。

韩伟院长走的时候是一九八四年，那一年，他才五十六岁。我去找韩大嫂，说：“可不可以把韩大哥那件红色苏格兰格子上衣送我，我一直记得他穿这件衣服的时候，那种温暖的感觉。”韩大嫂便在出国前把这件衣服找出来分给了我。一九九九年尾，我的丈夫还穿着这件衣服去参加圣诞子夜崇拜，十六年了，重见故人的衣服，竟仿佛看到捐赠移植因而继续活着的器官，令人疑幻疑真，一时泪如雨下。

六

家人不太轻易去靠近那衣橱，动人的东西总不宜常碰。偶然一窥，仿佛打开时光隧道，令人衣衣不舍，因为衣衣各有其故事。

你信不信？每件衣服里都曾住过一个“我”，都值得回顾留恋。蝉蜕里住过蝉，贝壳里住过柔软的贝肉，霓裳羽衣里住过肤如凝脂的杨玉环，纤纤的绣花鞋里住着受苦的三寸金莲。某些贴身的毛衣甚至留下主人弯肘的角度，看了不免要牵动最脆弱的柔情。

身体消失了，留下的是衣服，一件一件，半丝半缕，令人依依不舍。

一碟辣酱

有一年，在香港教书。

港人非常尊师，开学第一周校长在自己家里请了一桌席，有十位教授赴宴，我也在内。这种席，每周一次，务必使校长在学期中能和每位教员谈谈。我因为是客，所以列在首批客人名单里。

这种好事因为在台湾从未发生过，所以我十分兴头地去赴宴。原来菜都是校长家的厨子自己做的，清爽利落，很有家常菜风格。也许由于厨子是汕头人，他在诸色调味料中加了一碟辣酱，校长夫人特别声明是厨师亲手调制的。那辣酱对我而言稍微嫌甜，但我还是取用了一些。因为一般而言广东人怕辣，这碟辣酱我若不捧场，全桌粤籍人士就没有谁会理它。广东人很奇怪，他们一方面非常知味，一方面却又完全不懂“辣”是什么。我有次看到一则比萨饼的广告，说“热辣辣的”，便想拉朋友一试，朋友笑说：“你错了，热辣辣跟辣没有关系，意思是指很热很烫。”我有点生气，广东话怎么可以把辣当做热的副词？仿佛辣本身不存在似的。

我想这厨子既然特意调制了这独家辣酱，没有人下箸总是很伤感的事。汕头人是很以他们的辣酱自豪的。

那天晚上吃得很愉快也聊得很尽兴。临别的时候主人送客到门口，校长夫人忽然塞给我一个小包，她说："这是一瓶辣酱，厨子说特别送给你的。我们吃饭的时候他在旁边巡巡看看，发现只有你一个人欣赏他的辣酱，他说他反正做了很多，这瓶让你拿回去吃。"

我其实并不十分喜欢那偏甜的辣酱，吃它原是基于一点善意，不料竟回收了更大的善意。我千恩万谢受了那瓶辣酱——这一次，我倒真的爱上这瓶辣酱了，为了厨子的那份情。

大约世间之人多是寂寞的吧？未被赞美的文章，未蒙赏识的赤忱，未受注视的美貌，无人为之垂泪的剧情，徒然地弹了又弹却不曾被一语道破的高山流水之音，或者，无人肯试的一碟食物……

而我只是好意一举箸，竟蒙对方厚赠，想来，生命之宴也是如此吧！我对生命中的涓滴每有一分赏悦，上帝总立即赐下万道流泉；我每为一个音符凝神，他总倾下整匹的音乐如素锦。

生命的厚礼，原来只赏赐给那些肯于一尝的人。

"它怕什么？"

有些文人，有大肆买书的"不良嗜好"。这种人多半有个错觉，他们以为"买了书就买了学问"，至于自己有没有空去看，他们好像也不太去追究。

我却有另外一个毛病，我看到好锅子就心痒难熬，和买书的人有类似的错觉，我几乎以为买了锅子就等于买了烹调技术，买了美食。尤其是岁暮年终的季节，真恨不得把满街锅子都买回家来，不管是扎实的德国锅，精致的日本锅，或是广东出口的煲仔砂锅，无不让我凡心大动。

粤人称赞人家菜好，常说"镬气"好，镬气直译"国语"就是"锅气"。

闽人叫锅子为"鼎"，害得我每次看到毛公鼎都想到"毛公锅"。

鼎镬原来竟是传家之宝，我想这的确比钻石珠宝有意思多了。

也不知道是不是积人类几千几万年的"岁暮恐慌"经验，

每到过年我就疯狂地想买锅，想买我的传家之宝。

买锅子不难，只要付钱就行，年终本来就有奖金，那笔钱用来买房子买车子当然不够，买锅子却绰绰有余，但是，有一件事却令我犹豫趑趄，举锅不定。原来，我有个毛病，我在听完店员舌灿莲花，极力吹嘘之余，总不免要追问一句很煞风景的话：

“那么，照你说，这锅子简直是十全十美，难道它什么都不怕吗？它究竟怕什么？它总会怕什么吧？”

店员往往顿时沉下脸来，仿佛自知理亏：

“它怕猛然开大火。”

“它怕摔。”

“它怕刮。”

“它怕……”

是呀，六千元一副的日本焖烧锅，严丝合缝，但，只要一摔，圆锅盖不再周正，这锅以后哪还有得混？

啊，原来无论怎么好的东西都难免有一怕。世间万物大概也都各有一怕，在这纷纷扰扰的地球舞台上，其中怕刮的，怕烈火大焰的，怕摔的，怕零件残缺补不全的，乃至怕酸的，怕碱的，怕乍冷乍热的，怕空锅干烧的……这一切，难道都只是指锅子而言的吗？

我终于还是买了那些锅，那只可以炖牛筋的压力锅，那只长于熬狮子头白菜和腊肠煲仔饭的砂锅，那只不放油就可以煎蛋的不粘锅，还有专供烤一片牛排用的小铁锅，专供广东人煲汤用的“牛头煲”，可以透视蓝色火焰的玻璃锅……啊，不管它们多么脆弱，不管它们各自是否皆有其过不了的情关欲卡，各自有其深惧深畏避不胜避的克星，毕竟，它们各有其可爱的特异功能。在它没有遭到摔打侵蚀的浩劫之前，我们还是可以相亲相依的。

“而，至于我，我怕什么呢……”站在锅旁的我，有时候不免要这样问上自己一问。

没有谈过恋爱的

一

朋友的女儿还在读大学，她着手写了一篇武侠小说——哦，不，事实上是写了半篇小说，因为写到一半她便罢手不写了。

唉，写到一半的小说听来是多么令人沮丧啊，简直像织了一半的布遭人剪断，或煮成半熟的饺子忽而遇见停电。此女幼慧，叔叔伯伯阿姨都很看好她，但她就是不肯把那篇小说写完，老妈催她，她竟说出一个奇怪的理由：

“我又没有谈过恋爱，这一段我是写不下去了。你要我写，那，你去帮我找个男朋友好了！”

老妈一时气结，暗中抱怨此女明明是懒惰，却把理由编成如此这般。我闻其言，不禁大笑，我说：

“哎，哎，你这女儿果真是没有谈过恋爱。她如果谈了恋爱，就知道，描述恋爱其实最好是没有谈过恋爱。真的谈了恋爱，写出来未必能直逼爱情……”

这一段话说得有点像绕口令，可能让听者更糊涂了。我想只好找些例子来说明吧！

二

一百一十多年前，英国的作家王尔德讲了一个故事给法国的作家纪德听，故事后来被人按上一个题目叫《讲故事的人》。在我看来，这故事简直是《老子》中“知者不言，言者不知”的批注。

故事是说有一个人爱讲故事，所以颇受村民欢迎，他会在返家时鬼扯一些奇遇，例如途经森林，惊见牧神吹笛、仙女群舞。途经海岸，又见三个美人鱼以金梳梳理碧发，听者觉得极其精彩。不料，他后来竟果然碰见自己描述的景象，当村民又来相询的时候，他却噤声不语，只说，我此行一无所见。

三

一八四四年出生的亨利・卢梭其实终其一生都住在法国，他的职业是收税员，但他当过四年兵，四年中遇见不少同袍是曾去过墨西哥的。透过这些同伴或忠实或不忠实的描述，他居然也感受到一些南美风情。之后他又跑到城市中的植物园去写生，观察非洲热带植物。一八八九年，当时他已经四十五岁了，由于巴黎办万国博览会，他也就间接懂了一些塞内加尔、东京和大溪地。就这样拼拼凑凑，半揣度半狂想，他居然画出一派恍惚迷离亦真亦幻的作品，如《睡着的吉卜赛人》（一八九七）或《梦》（一九一〇）都令观者倾倒入迷，连毕加索也景仰其人。

那蛮荒世界的满月，那榛莽深林中绿莹莹的狮眼，那站在幽明交界处的吹号的土著，那绚丽的果实和鹊鸟（那鸟，仿佛是吃了身旁暖橙色的丰腴的热带水果才变得有个同色同型的肚子），以及那华艳不可方物的裸女，明明身在林薮，却自有一张丝绒沙发供她展示玉体……

我深爱那个从来没有去过非洲也没有去过墨西哥的卢梭。他的狂乱描述仿佛神医，虽隔帘悬丝把脉，竟能一一说尽帐内女子的五脏六腑。

四

二〇〇四年三月，我应邀去淡大听叶嘉莹教授讲“词”，叶教授八十多岁了，风采依旧照人。满堂崇拜者，引颈以待。她是美丽清雅而又智慧灵明的。她的生平又有些传奇性，听她的演讲的确是无趣生活中的盛事。但那天她不知怎么说着说着就忽然冒出一句话，说自己年轻的时候在长辈安排下结了婚，而她此生最大的遗憾便是不曾谈恋爱，如果有来生，一定要谈一场恋爱。

可是，如果有来生，谈过一场好恋爱的美丽聪颖的那女子会比此刻的叶嘉莹教授更好吗？经她诠释的情词会更细腻吗？经她吟诵的诗会更催人泪下吗？“无憾”以后的叶嘉莹教授又会以什么面目活在来世呢？

五

神父无妻，却反能指导婚姻。男性医师不怀孕，也自能指导生产过程。梅兰芳并没去做变性手术，却能委婉唱出某个春天花园中的女子杜丽娘的情根欲苗……至于死，谁都没死过，却有人把死写得浃髓沦肌。

六

谁说要谈完一场恋爱才能把小说写好？

只因为年轻啊

一　爱——恨

小说课上，正讲着小说，我停下来发问："爱的反面是什么！"

"恨！"

大约因为对答案很有把握，他们回答得很快而且大声，神情明亮愉悦，此刻如果教室外面走过一个不懂中国话的老外，随他猜一百次也猜不出他们唱歌般快乐的声音竟在说一个"恨"字。

我环顾教室，心里浩叹，只因为年轻啊，只因为太年轻啊，我放下书，说：

"这样说吧，譬如说你现在正谈恋爱，然后呢？就分手了，过了五十年，你七十岁了，有一天，黄昏散步，冤家路窄，你们又碰到一起了，这时候，对方定定地看着你，说：

‘×××，我恨你!’

如果情节是这样的，那么，你应该庆幸，居然被别人痛恨了半个世纪，恨也是一种很容易疲倦的情感，要有人恨你五十年也不简单，怕就怕在当时你走过去说：

‘×××，还认得我吗?’

对方愣愣地呆望着你说：

‘啊，有点面熟，你贵姓?’”

全班学生都笑起来，大概想象中那场面太滑稽太尴尬吧?

“所以说，爱的反面不是恨，是漠然。”

笑罢的学生能听得进结论吗？——只因为太年轻啊，爱和恨是那么容易说得清楚的一个字吗?

二　受创

来采访的学生在客厅沙发上坐成一排，其中一个发问道：

“读你的作品，发现你的情感很细致，并且说是在关怀，但是关怀就容易受伤，对不对？那怎么办呢?”

我看了她一眼，多年轻的额，多年轻的颊啊，有些问题，如果要问，就该去问岁月，问我，我能回答什么呢？但她的明眸定定地望着我，我忽然笑起来，几乎有点促狭的口气。

“受伤，这种事是有的——但是你要保持一个完完整整不受伤的自己做什么用呢？你非要把你自己保卫得好好的不可吗?”

她惊讶地望着我，一时也答不上话。

人生世上，一颗心从擦伤、灼伤、冻伤、撞伤、压伤、扭伤，乃至到内伤，哪能一点伤害都不受呢?如果关怀和爱就必须包括受伤，那么就不要完整，只要撕裂，基督不同于世人的，岂不正是那双钉痕宛在的受伤手掌吗?

小女孩啊，只因年轻，只因一身光灿晶润的肌肤太完整，你就舍不得碰碰撞撞就害怕受创吗!

三　经济学的旁听生

“什么是经济学呢?”他站在讲台上，戴眼镜，灰西装，声音平静，典型的中年学者。

台下坐的是大学一年级的学生，而我，是置身在这二百人大教室里偷偷旁听的一个。

从一开学我就昂奋起来，因为在课表上看见要开一门《社会科学概论》的课程，包括四位教授来设“政治”“法律”“经济”“人类学”四个讲座。想起可以重新做学生，去听一门门对我而言崭新的知识，那份喜悦真是掩不住藏不严，一个人坐在研究室里都忍不住要轻轻地笑起来。

“经济学就是把‘有限资源’做‘最适当的安排’，以得到‘最好的效果’。”

台下的学生沙沙地抄着笔记。

“经济学为什么发生呢？因为资源‘稀少’，不单物质‘稀少’，时间也‘稀少’，——而‘稀少’又是为什么？因为，相对于‘欲望’，一切就显得‘稀少’了……”

原来是想在四门课里跳过经济学不听的，因为觉得讨论物质的东西大概无甚可观，没想到一走进教室来竟听到这一番解释。

“你以为什么是经济学呢？一个学生要考试，时间不够了，书该怎么念，这就叫经济学啊！”

我愣在那里反复想着他那句“为什么有经济学——因为稀少——为什么稀少，因为欲望”而麻颤惊动，如同山间顽崖愚壁偶闻大师说法，不免震动到石骨土髓格格作响的程度。原来整场生命也可作经济学来看，生命也是如此短小稀少啊！而人的不幸却在于那颗永远渴切不止的有所索求、有所跃动、有所未足的心，为什么是这样的呢？为什么竟是这样的呢？我痴坐着，任泪下如麻不敢去动它，不敢让身旁年轻的助教看到，不敢让大一年轻的孩子看到。奇怪，为什么他们都不流泪呢？只因为年轻吗？因年轻就看不出生命如果像戏，也只能像一场短短的独幕剧吗？“朝如青丝暮成雪”，乍起乍落的一朝一暮间又何尝真有少年与壮年之分？“急罚盏，夜阑灯火”，匆匆如赴一场喧哗夜宴的人生，又岂有早到晚到早走晚走的分别？然而他们不悲伤，他们在低头记笔记。听经济学听到哭起来，这话如果是别人讲给我听，我大概会大笑，笑人家的滥情，可是……

“所以，”经济学教授又说话了，“有位文学家卡莱亚这样形容：经济学是门‘忧郁的科学’……”

我疑惑起来，这教授到底是因有心而前来说法的长者，还是以无心来度脱的异人？至于满堂的学生正襟危坐是因岁月尚早，早如揭衣初涉水的浅溪，所以才凝然无动吗？为什么五月山栀子的香馥里，独独旁听经济学的我为这被一语道破的短促而多欲的一生而又惊又痛泪如雨下呢？

四　如果作者是花

年年岁岁花相似，岁岁年年人不同。

诗选的课上，我把句子写在黑板上，问学生：

“这句子写得好不好？”

“好！”

他们的声音听起来像真心的，大概在强说愁的年龄，很容易被这样工整、俏皮而又怅惘的句子所感动吧？

“这是诗句，写得比较文雅，其实有一首新疆民谣，意思也跟它差不多，却比较通俗，你们知道那歌词是怎么说的？”

他们反应灵敏，立刻争先恐后地叫出来：

太阳下山明早依旧爬上来，
花儿谢了明年还是一样的开。
美丽小鸟飞去不回头，
我的青春小鸟一样不回来，
我的青春小鸟一样不回来，

那性格活泼的干脆就唱起来了。

“这两种句子从感性上来说，都是好句子，但从逻辑上来看，却有不合理的地方——当然，文学表现不一定要合逻辑，但是我还只是希望你们看得出来问题在哪里?”

他们面面相觑，又认真地反复念诵句子，却没有一个人答得上来。我等着他们，等满堂红润而聪明的脸，却终于放弃了，只因太年轻啊，有些悲凉是不容易觉察的。

“你知道为什么说‘花相似’吗？是因为陌生，因为我们不懂花，正好像一百年前，我们中国是很少看到外国人，所以在我们看起来，他们全是一个样子，而现在呢，我们看多了，才知道洋人和洋人大有差别，就算都是美国人，有的人也有本领一眼看出住纽约、旧金山和南方小城的不同。我们看去年的花和今年的花一样，是因为我们不是花，不曾去认识花、体察花，如果我们不是人，是花，我们会说：

‘看啊，校园里每一年都有全新的新鲜人的面孔，可是我们花却一年老似一年了。’

同样的，新疆歌谣里的小鸟虽一去不回，太阳和花其实也是一去不回的，太阳有知，太阳也要说：

‘我们今天早晨升起来的时候，已经比昨天疲软苍老了，奇怪，人类却一代一代永远有年轻的面孔……’

我们是人，所以感觉到人事的沧桑变化，其实，人世间何物没有生老病死，只因我们是人，说起话来就只能看到人的痛，你们猜，那句诗的作者如果是花，花会怎么写呢?”

“年年岁岁人相似，岁岁年年花不同。”他们齐声回答。

他们其实并不笨，不，他们甚至可以说是聪明，可是，刚才他们为什么全不懂呢？只因为年轻，只因为对宇宙间生命共有的枯荣代谢的悲伤有所不知啊！

五 高倍数显微镜

他是一个生物系的老教授，外国人，我认识他的时候他已经退休了。

“小时候，父亲是医生，他看病，我就站在他旁边，他说：‘孩子，你过来，这是哪一块骨头？’我就立刻说出名字来……”

我喜欢听老年人说自己幼小时候的事，人到老年还不能忘的记忆，大约有点像太湖底下捞起的石头，是洗净尘泥后的硬瘦剔透，上面附着一生岁月所冲积洗刷出的浪痕。

这人大概注定要当生物学家的。

“少年时候，喜欢看显微镜，因为那里面有一片神奇隐秘的世界，但是看到最细微的地方就看不清楚了，心里不免想，赶快做出高倍数的新式显微镜吧，让我看得更清楚，让我对细枝末节了解得更透彻，这样，我就会对生命的原质明白得更多，我的疑难就会消失……”

“后来呢?”

“后来，果然显微镜愈做愈好，我们能看清楚的东西，愈来愈多，可是……”

“可是什么?”

“可是我并没有成为我自己所预期的‘更明白生命真相的人’，糟糕的是比以前更不明白了，以前的显微镜倍数不够，有些东西根本没发现，所以不知道那里隐藏了另一段秘密，但现在，我看得愈细，知道得愈多，愈不明白了，原来在奥秘的后面还连着另一串奥秘……”

我看着他清癯渐消的颊和清灼明亮的眼睛，知道他是终于“认了”，半世纪以前，那意气风发的少年以为只要一架高倍数的显微镜，生命的秘密便迎刃可解，什么使他敢生出那番狂想呢？只因为年轻吧？只因为年轻吧？而退休后，在校园的行道树下看花开花谢的他终于低眉而笑，以近乎撒赖的口气说：

“没有办法啊，高倍数的显微镜也没有办法啊，在你想尽办法以为可以看到更多东西的时候，生命总还留下一段奥秘，是你想不通猜不透的……”

六　浪掷

开学的时候，我要他们把自己形容一下，因为我是他们的导师，想多知道他们一点。

大一的孩子，新从成功岭下来，从某一点上看来，也只像高四罢了，他们倒是很合作，一个一个把自己尽其所能地描述了一番。

等他们说完了，我忽然觉得惊讶不可置信，他们中间照我来看分成两类，有一类说“我从前爱玩，不太用功，从现在起，我想要好好读点书”，另一类说：“我从前就只知道读书，从现在起我要好好参加些社团，或者去郊游。”

奇怪的是，两者都有轻微的追悔和遗憾。

我于是想起一段三十多年前的旧事，那时流行一首电影插曲（大约是叫《渔光曲》吧），阿姨舅舅都热心播唱，我虽小，听到“月儿弯弯照九州”觉得是可以同意的，却对其中另一句大为疑惑。

“舅舅，为什么要唱‘小妹妹青春水里流（或“丢”？不记得了）’呢？”

“因为她是渔家女嘛，渔家女打鱼不能上学，当然就浪费青春啦！”

我当时只知道自己心里立刻不服气起来，但因年纪太小，不会说理由，不知怎么吵，只好不说话，但心中那股不服倒也可怕，可以埋藏三十多年。

等读中学听到“春色恼人”，又不死心的去问，春天这么好，为什么反而好到令人生恼，别人也答不上来，那讨厌的甚至眨眨狎邪的眼光，暗示春天给人的恼和“性”有关。但事情一定不是这样的，一定另有一个道理，那道理我隐约知道，却说不出来。

更大以后，读《浮士德》，那些埋藏许久的问句都汇拢过来，我隐隐知道那里有番解释了。

年老的浮士德，坐对满屋子自己做了一生的学问，在典籍册页的阴影中他乍乍瞥见窗外的四月，歌声传来，是庆祝复活节的喧哗队伍。那一霎间，他懊悔了，他觉得自己的一生都抛掷了，他以为只要再让他年轻一次，一切都会改观。中国元杂剧里老旦上场照例都要说一句“花有重开日，人无再少年”（说得淡然而确定，也不知看戏的人惊不惊动），而浮士德却以灵魂押注，换来第二度的少年以及因少年才“可能拥有的种种可能”。可怜的浮士德，学究天人，却不知道生命是一桩太好的东西，好到你无论选择什么方式度过，都像是一种浪费。

生命有如一枚神话世界里的珍珠，出于沙砾，归于沙砾，晶光莹润的只是中间这一段短短的幻象啊！然而，使我们颠之倒之甘之苦之的不正是这短短的一段吗？珍珠和生命还有另一个类同之处，那就是你倾家荡产去买一粒珍珠是可以的，但反过来你要拿珍珠换衣换食却是荒谬的，就连镶成珠坠挂在美人胸前也是无奈的，无非使两者合作一场“慢动作的人老珠黄”罢了。珍珠只是它圆灿含彩的自己，你只能束手无策地看着它，你只能欢喜或喟然——因为你及时赶上了它出于沙砾且必然还原为沙砾之间的这一段灿然。

而浮士德不知道——或者执意不知道，他要的是另一次“可能”，像一个不知是由于技术不好或是运气不好的赌徒，总以为只要再让他玩一盘，他准能翻本。三十多年前想跟舅舅辩的一句话我现在终于懂得该怎么说了，打鱼的女子如果算是浪掷青春的话，挑柴的女子岂不也是吗？读书的名义虽好听，而令人眼目为之昏耗，脊骨为之佝偻，还不该算是青春的虚掷吗？此外，一场刻骨的爱情就不算烟云过眼吗？一番功名利禄就不算滚滚尘埃吗？不是啊，青春太好，好到你无论怎么过都觉浪掷，回头一看，都要生悔。

“春色恼人”那句话现在也懂了，世上的事最不怕的应该就是“兵来有将可挡，水来以土能掩”，只要有对策就不怕对方出招。怕就怕在一个人正小小心心地和现实生活斗阵，打成平手之际，忽然阵外冒出一个叫宇宙大化的对手，他斜里杀出一记叫“春天”的绝招，身为人类的我们真是措手不及。对着排天倒海而来的桃红柳绿，对着蚀骨的花香，夺魂的阳光，生命的豪奢绝艳怎能不令我们张皇无措，当此之际，真是不做什么既要懊悔——做了什么也要懊悔。春色之叫人气恼跺脚，就是气在我们无招以对啊！

回头来想我导师班上的学生，聪明颖悟，却不免一半为自己的用功后悔，一半为自己的爱玩后悔——只因太年轻啊，只因年轻啊，以为只要换一个方式，一切就扭转过来而无憾了。孩子们，不是啊，真的不是这样的！生命太完美，青春太完美，甚至连一场匆匆的春天都太完美，完美到像喜庆节日里一个孩子手上的气球，飞了会哭，破了会哭，就连一日日空瘪下去也是要令人哀哭的啊！

所以，年轻的孩子，连这个简单的道理你难道也看不出来吗？生命是一个大债主，我们怎么混都是他的积欠户，既然如此，干脆宽下心来，来个“债多不愁”吧！既然青春是一场“无论做什么都觉是浪掷”的憾意，何不反过来想想，那么，也几乎等于“无论诚恳地做了什么都不必言悔”，因为你或读书或玩，或作战，或打鱼，恰恰好就是另一个人叹气说他遗憾没做成的。

——然而，是这样的吗？不是这样的吗？在生命的面前我可以大发职业病做一个把别人都看作孩子的教师吗？抑或我仍然只是一个太年轻的蒙童，一个不信不服欲有辩而又语焉不详的蒙童呢？

母亲·姓氏·里贯·作家

儿子小时，大约三四岁，一个人到家门口的公园去玩。有人来问他籍贯，他说："我是湖南人，我妹妹也刚好是湖南人，我的爸爸和爷爷、奶奶都是湖南人，只有我妈妈是江苏人。"

他那时大概把籍贯看成某种血型，他们全属于一个整体，而妈妈很奇怪，她是另类。

这个笑话在我们家笑了很多次，但每次笑的时候，我都悄悄生疼，从每一寸肌肤，每一节骨骸。

我有个同学，她说她母亲当年结婚时最强烈的感觉便是"单刀赴会"。形容得真是孤凄悲壮，让人想起"风萧萧兮易水寒，淑女一去兮不复还"。父系中心的社会，结构完整严密，容不得女子有什么属于她自己的面目，我的儿子并不知道他除了姓林，也该姓二分之一的张，籍贯则除了是湖南长沙，也包含江苏徐州。

母亲生养了孩子，但是她容许孩子去从父姓。其实姓什么并不重要，生命的传递才是重点，正如莎士比亚说的：

“我们所谓的玫瑰，如果换个名字，不也一样芳香吗?”

可贵的是生命，是内在的气息，而不是顶在头上的姓氏或里贯。

晚明清初，有本书写得极好，叫《陶庵梦忆》。顾名思义，作者当然应该姓陶。其实不然，作者的名字叫张岱。为什么姓张的人却号陶庵呢？简单地说，就是作者在从事怀旧的、委婉的书写之际，不自觉地了解到自己也有属于母亲的、属于女性的一面。而他的母亲姓陶，他就自号“陶庵”。

也许只有那颗纤细的敏感的作者之心，才会使他向母亲的姓氏投靠。

张岱的情况更特别一些，他是遗民，身经亡国之痛。他勉强活下来，是因为想用余年去追述一个华美的、消失了的王朝。他渴望为逝去的朝代作见证并尽孝道，大明朝是他的父亲，也是他的母亲。

英国出生于二十世纪初的剧作家弗雷（写过 *The Lady'snot for burning*）把自己的姓和宗教，都改成了外婆的，他本姓哈里斯，十八岁才改的。

近代作者中直截了当用笔名来表达皈依母亲之忱的便是鲁迅了。鲁迅原姓周，叫周树人，与周作人是兄弟，并享盛名。鲁迅算是第一个写现代小说的作者，有趣的是他的小说背景永远绕着鲁镇打转，“鲁”是周树人母亲的姓，他选择这个姓来作自己的笔名，似乎有意向父系社会的姓氏制度挑战。一生下来便已被命名为周树人是他无法抗议的，但当他有机会给自己安排一个新名字，他便选择姓母亲的鲁。

附带一提的是，鲁迅的笔一向辛辣犀利，挖苦阿Q或孔乙己丝毫不留余地，但他笔下的女性却在坚苦卓绝中自有其高贵而永恒的刻痕，如华大妈，如夏四奶奶……

改姓改得更晚的是台大外文系的黄毓秀，在她改姓母亲的姓氏“刘”之前，其实常建议同学叫她“毓秀”老师。

还有一位在桃园监狱中服刑的年轻人，忽然从“天人菊写作班”学会了写作，生命也因而重新翻了一番，他为自己取了个笔名叫苏柟，他的理由如下：

> 因为我最最伟大、最亲爱的妈妈姓苏，她常常向我们抱怨，家里三个小孩没人和她同姓，无人和她同心。每回闹别扭，都嚷着说，你们这些姓郑的如何怎样、怎样如何的。所以，我的笔名一定要和妈妈同姓。

作家大概是最容易为母亲打抱不平的人，最容易向弱势母亲认同的人。

当代作家中的余光中，其身份证上法定籍贯虽是福建永春，但他少年时期一向认同的却是母亲的故里，江南烟水之地。

下一次，当有人问及我们姓氏里贯之际，让我们——至少在心里——也承认母亲的这一边的姓氏里贯吧！

我是拥有一枚柿子的柿长

你决定做个“强人”或“女强人”吗？我没有。虽然，另一方面，我倒也并没有决定做个“弱人”。

既然不打算做强人，大概就已经放弃了“主动攻击”的生存架势，于是，很快地，便发现自己已沦落为“招架者”了。但招架又谈何容易，至少也要招得住才行啊！也要抵抗得有模有样才像话啊！否则一旦溃不成军，就混不下去了。

记得《天龙八部》里的段誉吗？他对武功一窍不通，却经过特别管道，学会了如何游走闪避。大凡一般武林高手行走江湖之际，都难免带伤挂彩，可是，如果一旦知道如何走避，则终身安吉。

不要告诉我逃避是“阿Q精神”，我就是靠这种种“抵御外侮”的伎俩，才安然无恙活到今天的，以下且公布一招半式，以供同道参考：

话说我家门口有个小公园，里面有几棵榕树、几把椅子、一座滑梯，虽不怎么像样，勉强也算有几片绿叶可瞧。不料一逢选举，简直成了灾祸之源，尤其是××党的，每次政见发表总要从六点闹到十一点，尽管台下只小猫三两只，他们仍靠着现代科技，声动数条街。我把门窗严闭，播放自己的音乐，仍抵挡不住。后来只好强自镇定，正襟危坐。不幸自己的浩然之气并未养足，挡不住魔音来入耳。不料，正当此际，我忽然发现了一枚柿子。那柿子我放客厅也有十天了，说起这柿子，也是有来历的。那是个假日，朋友开车带我去北埔玩，北埔在竹东，是个客家乡。朋友画画，因而和那里做画框的畲先生熟，便相约去他家采柑子，中午吃“放山鸡”煨煮的四神甜汤。我比较没出息，偏偏爱上他们的早稻米，抱了二十斤回台北，卖米的是畲先生的亲戚，他说：

“从台北来这里买米？我没见过！”

那天带回来的东西里，我最喜欢的是二枚柿子，那柿子长在山径旁的树上，是硕果仅存的两枚。畲先生听我赞叹，便猴子一般猱升而上为我采下。我真是乐歪了，市面上虽然也卖那一百元一粒的日本箱根柿子，但怎敌这枚朋友的朋友为我采下的枝头柿子。柿子采回来，连着干，斜插在客厅的一只绿釉老瓮里，显得红艳欲滴。每次出出入入只见一团喜气盈眉逼眼而来。

被音量袭击的那个晚上，柿子成了我的救生浮板，我虔诚地面柿而坐，对它的美致敬。然后，诚心诚意，一点点撕下它的薄皮，柿肉绵软甜润，一口咬下去，整个客家乡的美丽山容都重现了。附带重现的是那些人、那些树、那些如灯笼的垂垂白柚，以及芳香袭人的野桔酱。

我因一枚完美的柿子而感恩、而爱上整个岛，爱上整个人群。我因拥有一枚山野采来的柿子而自认是个幸福的人。

靠着这份幸福感，我逃开了那夜声浪的迫害，重新捡回半条性命，重新和这个扰攘的尘世打成平手。

我觉得，是山救了我，山把它自己的美，凝聚成一枚小小的柿子，藏身在我家客厅里，成了我的秘密保镖，在我和世局相争快要不支的时候，它用它的雅美芳醇救了我。

我是那拥有一枚柿子的柿长，不必经过任何人投票，我本然就是。